世界 很美，
而你 正好有空

片刻 作品

片刻APP　湖南文艺出版社　博集天卷

图书在版编目（CIP）数据

世界很美，而你正好有空 / 片刻著. — 长沙：
湖南文艺出版社，2015.9
ISBN 978-7-5404-7288-7

Ⅰ. ①世… Ⅱ. ①片… Ⅲ. ①散文集–中国–当代
Ⅳ. ①I267

中国版本图书馆CIP数据核字（2015）第191913号

上架建议：畅销·文学

世界很美，而你正好有空

作　　者：片　刻
出 版 人：刘清华
责任编辑：薛　健　刘诗哲
特约监制：毛闽峰　李　娜
策划编辑：范冰原　刘　霁
装帧设计：robin
出版发行：湖南文艺出版社
　　　　　（长沙市雨花区东二环一段508号　邮编：410014）
网　　址：www.hnwy.net
印　　刷：北京天宇万达印刷有限公司
经　　销：新华书店
开　　本：880mm×1270mm　1/32
字　　数：204千字
印　　张：11
版　　次：2015年9月第1版
印　　次：2015年9月第1次印刷
书　　号：ISBN 978-7-5404-7288-7
定　　价：36.80元

质量监督电话：010-59096394
团购电话：010-59320018

写在前面的话

一直不敢讲"情怀"，因害怕它已被用滥。

成功者讲它，是锦上添花，平添人格魅力，可世俗意义上的成功者毕竟凤毛麟角。更多时候，你听到这个词只感到苍白无力——他们空谈理想而没有脚踏实地，他们困于现状而聊以自慰……一无所有时讲情怀，当真是闻者尴尬、说者心酸。

可"情怀"本身并没有错，无论你涉世未深还是沉浮于世，它都长在你意识深处，直抵内心的柔软，为什么你还没有活成你喜欢的那个样子？这份不甘时常让你痛苦，却也让你感觉真实活着——幸好有这份念想，不至于让自己被周遭淹没，困顿挣扎中，至少我们还有梦。

可你应该不希望它只是一场梦吧？

讲个故事给你听。有一年发生了很多事情，伦敦举办夏季奥运会，奥巴马连任美国总统，江南Style风靡全球，"泰坦尼克"号沉船100周年，世界末日的谎言被识破。那一年还发生了一件小事——多了一个叫"片刻"的东西。

一个美好事物的诞生，最好要带些传奇、偶然、天注定的戏剧色彩，方彰显与众不同。只可惜"片刻"太平凡了，是地球上每分每秒出现的生命之一。但平凡就不珍贵了吗？每一个婴儿的降临都要经历孕育和疼痛，而呱呱落地那一刻的啼哭，既是向世界宣告"我来了"，也是对这一趟人生旅途所有未知的前路发出的敬畏，然后才是大家集体迎接初生的喜悦。"片刻"，也是这样的一个生命。

当一群人聚在号称"宇宙中心"的五道口的一个普通公寓房间时，谁也说不清到底要做一件怎样的事，但大家都知道自己不想做什么：不想每日重复作业枯燥乏味，不想卷入人际之争，不想人云亦云，不想一眼望尽十年二十年之后的生活，不想为了生存就轻易变成自己讨厌的那种人……

不想的事太多，想做的又是什么？答案如此抽象又难以描述。每一个在城市里生活打拼的人各有不同却又不尽相同，你害怕自己是少数异类，害怕孤独被人遗忘，害怕生活带来的失望如潮水般一次次拍打近身。不用怀疑，你并不是唯一有这样感受的人。可庸碌浮躁中，到底有什么能让人内心获得安宁，又是什么能带给人愉悦，还有什么能让人忘却孤独与失落，以及是否可能，它还会唤起你尘封已久的小小理想？想到这里，这群人集体陷入了沉默。

这个小小的房间有一扇半人高的窗，窗口收纳了城市的一角，你会看到鳞次栉比的高楼，穿梭其中的车辆人群，秋风染黄的银杏树叶，澄澈净明的天空……十月的北京是最美的。太阳落山的时候，晚霞染红了天，眼前不是一幅凝固的画卷，色彩在分秒间流动，从彩彻区明到夜幕四合，这时间说长也长、说短也短，没有人说话，只是安静地目睹了整个过程的发生。然后有个人发出了轻轻的感叹，"刚刚这个片刻，真美啊。"大家回过神来，彼此互望了一眼，又有一个声音响起，"哎，你们说文艺是不是种传染病啊？"话音刚落，如平湖落石荡起涟漪，每个人都笑了出来。刚刚那段不长的沉默就这样结束了，可彼此心照不宣有了默契——其实没有人不喜欢这些美好的片刻，也没有人不需要用文字去表达内心的感受。

用眼睛看，用耳朵听，用嘴巴说，用心感受，用双手把一切记录和创造，只为雕刻出这个永恒的片刻。于是，一切就这么开始了。

喜欢所有事情开始的样子，因为一切尚未发生时最美，过程不足以对外人道，努力坚持就好。所以这个故事只有个开头，因为现在以及未来，都由我们一起来创造。

这第一本书，是一个阶段性的纪念，它见证了大家一路以来的成长。从最初只有几个人，到现在有了几百万人，每一刻都有崭新的故事在此发声。现在你看到的这二十多个故事，是二十多个年轻人对爱、对青春、对有限人生的抒写。我们都一样，怀着那点小小的不甘，为寻找自己而努力活着。所以其实不需要让人来教我们成长，我们需要的是彼此陪伴鼓励着，一起经历人生中该有的冲撞。

两年多过去了，片刻没有消失，最初的愿景依然推着我们前进。更好的是一路有你，有你们，有越来越多的人加入其中。它不是一个游戏，不是一个工具，它更像是平行于生活的另外一个世界。在这里，你可以找到自己，找到同类，运气再好一点，可以做点真正向往的事情。

时至今日，再谈及"情怀"这个词，我们终于有勇气直视它，因为一切不再只是空想，每个人都正朝着心之所向一步步前近。那么你呢？你是否准备好去成为你喜欢的那个样子？如果是，请你勇敢地迈出第一步，希望未来不远处，你的梦想片刻也能到场。

就在写这些话的当下，打开片刻，听到一首The Sun Is Shining Down，窗外阳光正好，在五道口看晚霞的那个下午，又在眼前生动起来。

"世界很美，而你正好有空"，多想与你一起分享这一切。

树上有雲

那是一个从头到脚都散发着激素气息的年龄，你们年轻而愚蠢，没人思考一段感情是否合适、有无未来，恋爱的唯一条件就是彼此喜欢。

英国人理查德·休斯说，借来的地方，借来的时间。香港就是这样的地方。其实我也是，原打算只是来皇仁书院念书，借人家的地方，认识了你，借念书的时间，和你在一起。以前觉得一辈子很长，遇到你后觉得一辈子太短。你说会牵着我的手一辈子，我信。

我们没有共同的生活，她对我的喜欢只是一种幻想，她也许觉得我的伤疤性感，也许因为我的过去感动，但这不是爱情。

老陈继续说："我知道爱情是什么样的，当我把那个姑娘的名字用一个黑黑的方块彻底盖住以后，我就真正明白了爱情长什么样。"

我只记得，路灯昏暗，就像是沉在海底的渔灯。

那一年，失眠了很久的我去了一趟青海。

我寄希望于青海大片晶莹蔚蓝的天空和大片神秘朴素的土地能让我释然一些。

然后找到最透彻的针线来缝合那些被撕裂的伤口。

真不行，跳进青海湖里泡他个一天一夜，估计也管点儿用。

过了很多年我才发现。

那些美好的、不美好的加在一起才能称为爱情。

粉墨登场，终高潮迭起。胡寐持着鹅毛扇，刘海戴着樵夫帽，都跟着欢愉的曲乐你来我往，兜圈徜徉。那时，座下宾客们觥筹交错，醉颜喧哗。胡寐自己在开怀畅饮和纵情表演之后也产生了不轻的幻觉。人影幢幢都交叠在瞳孔里，纷纷入云的丝竹管弦绕梁久久，仿佛传说中亡国前的靡靡之音。

想起她后，便开始肆无忌惮地想念她。她说的每句话；她眉毛下面，偶尔没有拔净的几根细毛；她聆听时，细微的表情变化；我鼓起勇气，试验性地一人多角，扮小丑朗读萨冈的《逃亡之路》时，她不断发出的咯咯笑声。

很多时候，不正是这些莫名涌上心头的柔软，才让我们觉得没白活过吗？

我依然爱你，我只是知道，自己不能再像以前那样喜欢你了。

"她一个人推着自行车从林荫路走过来，就像从上个世纪走过来，淡雅，高贵，固执，孤独！那一瞬间我就像回到了二十多年前的那次邂逅，我大学第一眼看见她的那种心动，又一次冲击着我！同样的场景，同样的人，隔着时间遥望，我们的脸上都有皱纹，但是我们的脸上，都不约而同挂着熟悉的笑。那时候你就知道，命运如果存在，不管时间和空间，有些事情总是不会变的，就算变，也是变得比你预想的更美好！"

那年冬天她走了，走的前一天夜里，她打电话问我能不能送她去上海。我说，南鱼，我不送你，如果你回来，我一定去接你。

世事如常，人情如常，我于你而言，只是一个逗号，你于我也是如此。我们不会永远停留在过去，靠着可怜的记忆生活；我们也不会停留在老地方，共同走过剩余的道路。你已经有你的生活，我只是回望者。

你看，生活很难，每一件值得期待的事情过后，都要回归到现实里的柴米油盐。
岁月面前，人人从命。但我知道你会在一次次翻山越岭的马失前蹄中，将我接住。
前路虽远，还好有你总是张开双臂护着我，给我穿衣，陪我取暖。

西城的话让我感到十分意外，正诧异着，Kila裸着身子走出来，慢慢爬到我身上。而我的心思不知飞到哪儿去了，迷蒙中看见西城与汀文牵手踏步在杭州的各个景点上，代替了我的位置。只是心里又想，这世上哪有人愿意成为代替，只不过是换了一份爱罢了。

老母说我有两个胃，一个是我的，一个是死鬼老豆的。十五碗盖饭或者十七碗拉面，用文字去形容的话，我会说食物被我的口舌挤进食道里，又好像被心脏泵进胃里，被肺压到大肠里，事实上我就只是在吃，像个傻瓜一样，像个疯子一样。

即使是森然大难，若用一生的时间来拉长稀释，也只会淡薄成一点点日常的麻烦。

何洲啊，住我家楼上的你，教我骑自行车的你，带我上学的你，期末给我复习资料的你，逃出去玩时当我的挡箭牌的你，被调侃和我传绯闻的你，到后来怎么就变成了林文琪的你。竹马绕不过青梅，感情绕不过时间。

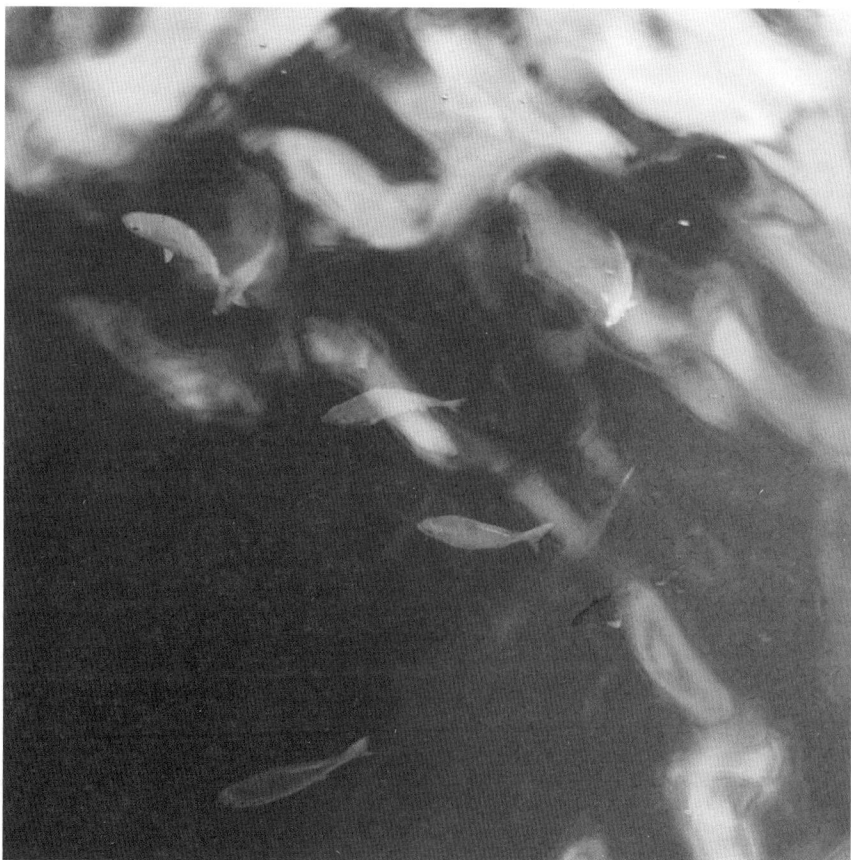

"我已打算把自己的余生，发个离线文件给你。请注意接收。"

　　"孤独是生命的常态"——当她游泳的时候，当她跑步的时候，当她迎来一个巨大成功的时候，当她放下一件心中牵挂的时候，当她大学四年的每个清晨在室友们还熟睡时就独自走向图书馆的时候，当她对生命里的过客挥手道别的时候。她持久的勤奋和完美的执行力，对每一种感情的憧憬和隐忍，不亵渎不狂热不留恋，都是源于她早已习惯于生命深处的孤独——她把这世上最令人恐惧的东西，视为生命的前提去欣然接受，那么还有什么能伤害她呢？那么在这一生中，与自己相处，与世界博弈，好奇而热情地活着，就是唯一重要的事情了。

在你面前，我愿成为一只蜗牛，慢慢地，慢慢地，用一生的时间，走向你。

不管你相不相信，你都被所处的这片土地改变了自己。

你的身上带着每一片待过的土地的印记。

我原以为迁徙带来的是新生活，但我正在失去的是青春和年华，将要失去的或许是自己。

这是个迁徙时代，也是个狂欢时代。准备好了吗?

所以我希望你的每个决定都坚决而确定，希望你的眼前人就是你的心上人，希望你的每一天都值得怀念，但并没有用多余的怀念虚度你的每一天。

stay with me , look around this world

世界很美，而你正好有空

会 过 去 的

001

姬霄

▶ 姬霄

青年作者，现居广州，"孤独美食"店长。已出版《你有没有见过他》。

1

"我以为那天我不会流泪，只是风很大，吹得眼睛也睁不开了。我
站在学校后门的石桥边上，难过得想一死了之，但徘徊了整个下
午，到底也没能鼓起勇气。直到日暮西沉，风也不知何时停了下
来。我忽然想起该吃晚饭了，于是，我终于找准方向，向学校的食
堂走去……"

在前往云城的大巴上，你声情并茂地向粥粥描述自己第一次失恋那
天的场景。还没讲完，粥粥就扑哧一声笑了："你的心理活动也太
跌宕起伏了，可以拿去拍情景喜剧了。"
你辩解道："可这都是事实啊，我的记忆甚至可以具体到我和子
青分手的那一秒钟。"听到你这么说，粥粥不说话了，只是带着

诡异的笑容望向你，像是问：都过去多久啦，你怎么还记得这茬儿呀？

你还想解释，但前排座位上忽然有人晕车，吐了一地，臭味在狭窄的车厢里弥漫开来。粥粥紧跟着骂了一句，像乌龟似的把脑袋缩进了衣领里。于是你只好将剩下的半截话压在舌底，眯着眼向车窗外望去。

说起你和子青，就不得不说你们共同经历的中学时代。那是一个从头到脚都散发着激素气息的年龄，你们年轻而愚蠢，没人思考一段感情是否合适、有无未来，恋爱的唯一条件就是彼此喜欢。

那时，你情窦初开，她年少爱笑，两个人成为情侣可以说顺理成章。然而少年的恋爱不仅拥有灿烂的美好，还充满了矫情和自我。

时过境迁，你重新审视这份恋爱棋局中的关系。如果当时子青的同桌不是你，如果子青那天回家时你没有邀请她坐上你的自行车后座，如果子青因为小考失利躲在楼顶哭泣时，没有撞上偷偷跑去抽烟的你，那么你和子青还会在一起吗？

你没有敢继续往下想，虽然与朋友在K歌房欢唱时也会缠绵悱恻地唱"冥冥中遇上她，倦极也不痛"，但时光已经让你清楚地明白，青春的爱恋之所以近乎完美，是因为那里面包含了太多一厢情愿的幻想。

2

紧随着每三秒一次颠簸的节奏，你和粥粥终于抵达了此行的目的地云水煜园。这是云城最豪华的庄园式饭店，许多云城人都以能在这里宴请宾客为荣。你知道，几个小时后，子青的婚礼将在这里举行。你、粥粥，还有许多高中同学都会应邀到场。

回想起收到请柬的那一刻，你的心情不知是兴奋还是感慨。也难怪，自从高中毕业后，你就再也没有子青的任何消息，仿佛后半生都将与她无关，此时突然得知她并没有将你忘记，怎会不激动？而那是一封她与别人的婚礼的请柬，看着曾经相爱的人挽起旁人的手臂，曾经的主角变成了观众，这样的反差又怎会不令你感慨呢？

迈出车门，你的第一个动作是抬头望了望久违的天空。这座你曾经度过高中三年的城市，每一个路口都有种熟悉而亲切的感觉，从你的脚底一直弥漫到身体的每一个细胞。

你下意识地左右张望，以为还能像从前一样，轻易地从路人中拎出一两个熟悉的面孔。但显然不能，你失望地掏出手机打给老陆，报上位置静候。

等了许久，老陆的身影才从一条巷口出现，曾经宿舍里的死党见到你，像土匪似的将你扛起来，然后狠狠地摔在地上。你闷哼一声，随即笑逐颜开。多年未见的老同学已经征显出成熟男人的体魄，只有留在脸颊上的胡楂和痘印证明着逝去的青春。

久别重逢，这让你想起一些富含诗意的语句。比如莎士比亚那句：迁延蹉跎，来日无多，二十丽妹，请来吻我，衰草枯杨，青春易过。又比如李宗盛《风柜来的人》唱的：青春正是长长的风，来自无垠，去向无踪。

"大作家，别犯你那职业病啦。"一同前来的胖岛粗声粗气地打断了你的意淫。

他浑身散发着洗浴中心的味道，老远就闻得到。细看之下，他的裤腰系得老高，敞开的衬衫领子里还露出一条粗粗的金项链，感觉比实际年龄成熟很多。那个当年被全班女生评为最具亲和力的少女之友胖岛，在他身上已经荡然无存。

毕业后胖岛没读大学，早早继承了父亲开的澡堂，四年里将澡堂翻修成了桑拿城，规模扩大了好几倍，而胖岛的腰围也随着资产的增长迅速增加。

这边，你努力回想着读书时胖岛的模样，没等回过神来，肩膀上又挨了一拳，这次行凶的是老陆。

"来啦，好久不见了。"他笑着说，露出一口整齐的白牙。来不及反应，他已将你结结实实地拥抱在怀中。你有些许不适，但并未挣扎。是的，整日混迹在彬彬有礼保持距离的繁华都会中，你差点儿忘了原来拥抱的感觉是这样的。

3

"走吧，铁头他们早就进去了。"胖岛说，他是子青婚礼的官方联络员。想来也只有这少女之友，才能在过去这么多年后，还和班上所有同学保持着联系。

你们沿着那条幽暗小巷向婚礼现场行进，老陆走在最前，粥粥其次，然而两个人刻意保持着不远不近的距离。

望着两人背影，你想起读书时他俩曾是一对。老陆先追的粥粥，那时候每晚他都会去帮粥粥提暖水瓶，持续了整整一个学期。你们都以为是老陆的锲而不舍融化了女神心，粥粥却告诉你，有一天放学，她看到老陆独自留在教室里画黑板报，一个个铿锵有力的粉笔字从他指尖上浮现。那个瞬间，这个专注而认真的男生一下子让她怦然心动。

毕业后，他们考到了不同的城市，起初两年还将这场异地恋谈得有滋有味，再后来就突然分手了。听说老陆有了新的女友，但老陆说，是粥粥先和学长谈起了恋爱。孰是孰非，就像他们在一起的时刻那样难以分辨。

不是你我太造作，只怪时光一不小心排错了位。

你望着他们一前一后、不紧不慢的步伐，回想起他俩"事发"的那晚。老陆在你们严刑逼供下，被迫穿着一条裤头站在阳台上汇报约会的进展，亲到了嘴，摸到了胸，虽然冻得浑身哆嗦，但只要一提及粥粥的名字，他的脸上就会浮现出白痴般僵硬的傻笑。此时此地，那样的傻笑，那样的少年，已成了青春恋情中独有的容颜。

你一边走一边回想，过去那些熟悉的场景如同幻灯片，陆续在眼前闪现，令你心潮翻涌，脚步也渐渐慢下来。下一秒，终于将你定在了原地。你目不转睛地望着路旁的电话亭，那些年的记忆扑面而来。

时至今日，学子们早已跨入手机时代，这样的电话亭早已废弃。而在你们的时代里，这是唯一的通信工具。就在这里，你一次次拨打着寻呼台，报上子青的传呼机号，任凭酷暑严寒，默默等待她的来电。每次刚一挂机，子青的电话就会接踵而至。

你们的话题稚嫩可笑，从同学的八卦趣闻到对老师的抱怨咒骂，有时甚至会正经八百地谈起中国加入世贸组织后的宏伟远景。更多的时候，你只是单纯地想听到她轻轻柔柔的声音，再对她说一声晚安，就足以度过那一个个漫长无聊的夜晚。

想到这里，你笑了，笑那时的单纯青涩、矫情做作。然而，这样的笑容在下一个瞬间又变得苦涩起来。

你想起与子青分手的那天夜晚，依然是这里，你不厌其烦地拨打那个号码，却再也没有回应。寒风中，你双手颤抖握着话筒，对着寻呼台的话务员泣不成声，被对方骂作神经病，直接挂掉电话。

你想起那晚有学生在江边放烟火表白，声嘶力竭喊着"我爱你"，伴随着天空中烟花的巨响，半条街的汽车都发出了警报声，而你的耳朵只听到话筒中传来的嘟嘟嘟的忙音。

你戳在那儿，仿佛将那天的记忆从内到外再度经历了一遍，这漫长的过程足以令与你并肩而行的胖岛觉察到异样，他扭头看着你问："发什么呆？"你重新迈开脚步。你明白，人终将拥有一些永远无法与人分享的记忆，就像青春落幕时的所有悲伤哭泣和矫揉造作，再也不会有第二个人知晓了。

4

转眼间，婚礼现场已近在眼前。铁头和双核坐在一张空桌前，在宾客席中尤其显眼，当年512宿舍的舍友再度重聚，只剩嘉泽宁一人身在国外无法赶回来。

"也等太久了，慢世魔王们。"铁头还是老样子，出口即伤人，难怪到现在都还没交到女朋友。双核站在他身后没说话，远远地冲你笑了笑。

看到双核，你愣了一秒，下个瞬间你条件反射般地想转身逃跑，躲开这个尴尬的见面。毕业后你们就再也没联系过了，这并非离远日疏，而是你始终无法面对他，这个高中时你最亲密的兄弟，同时也是最棘手的情敌。

说起来，子青和你在一起之前，一直是双核在追她。他们从小在一个家属院长大，他一直喜欢子青，搬进新生宿舍的第一天，他站在楼道里对所有男生大声宣布，高中三年一定要追到子青，那副踌躇满志的模样深深刻在你的脑海里。

双核外表阳光帅气，嘴里有说不完的甜言蜜语，生来就讨女生们喜欢。不仅如此，他的成绩在班上也出类拔萃，他的脑袋里就像装了两个大脑，课堂内外的知识随便怎么考他，他都能信手拈来。

跟子青表白时，他召唤宿舍所有人拿出自己的复读机，随后缓缓朗诵了一封自己写的情书。每念完一个段落，就用手势指挥：1号机启动班得瑞的钢琴曲充当背景音，2号机切一首《彩虹》渐进，3号机调好下一首《最美》等候……最后，一封制作精良的立体声感式情书就这样在简陋的宿舍里完成了。

不知为何，这份感天动地的心意依然没有打动子青。在所有女生羡慕的眼神中，子青对他敬而远之，反而与身为同桌的你越走越近。那段时间你进退两难，宿舍中原本和睦的气氛忽然变得冷冰冰的。也难怪，毕竟在双核和其他人心中，是你抢走了兄弟的梦中情人，这种行为在一腔正义的少年时期显得尤为可耻。与此同时，第一次尝到爱情滋味的你无论如何也舍弃不掉对子青的感情。

双核再也没跟你说过话。直到高三那年，你和子青发生了一次史无前例的争吵，子青躲在宿舍里不肯见你。你无奈打电话到她宿舍，却发现一直占线到凌晨。第二天，你问了子青的室友才知道，那晚打电话的人是子青，而电话那一头的，是双核。

他竟然在你和子青感情最脆弱的时候下手。你气得热血沸腾，疯了似的冲进宿舍，一脚踢飞了正在洗衣服的双核，两人拎着暖壶和脸盆狠狠地干了一架。最终双核不是你的对手，你看着他倒在阳台上，再无反抗之力，慢慢地，鲜血从他的额头流了下来。你顿时慌了神，大声疾呼宿舍其他人将双核送去了医院。等候的间隙你才发现，自己的手背也被碎裂的暖水瓶割开一条两指宽的伤口，但这时候，已经没有人在意你了。

那场架你胜利了，可你与子青的感情在那场架之后彻底瓦解。子青告诉你，那晚在电话中，双核一直在帮你说话，劝她原谅你，没想到你竟然如此狭隘和卑鄙。她看也不看你的伤口，决然地转身离去。

5

"傻愣着想什么呢？"胖岛碰了碰你的肩膀，你终于回过神来。

"一定是因为子青结婚，受不了打击呗。"铁头嬉皮笑脸地说。

"怎么可能？读书时的恋爱只是玩玩而已。"你慌忙反驳道，说完你脸颊一热，心虚地瞄了眼双核，惊讶地发现了他手上的烟。盯着那明灭的烟头，你想起他曾经豪情万丈地吹嘘：为了未来的老婆，会做一个永不吸烟的好男人。

时间悄无声息地将每一个人的过去掩埋。

"高中三年，我一定要追到子青！"你兀自回想着那个青春洋溢的双核，他却掏出皮夹，向你们展示他未婚妻的照片。那女孩儿笑容温婉，风姿绰约，与子青截然不同。

"真有你的。"大家纷纷赞叹，你什么也没说，却趁无人注意的时候，在他耳边轻声说了句："对不起。"

此时，婚礼现场已是人声鼎沸。伴随着礼乐的奏响，子青终于出现在你们眼前，她身着白纱，不疾不徐，如同女神般向在座宾客微微颔首。待她走到红毯中央，刹那间，彩炮齐响，金花飞扬。那一头，新郎款款来迎，飒然如风。

来不及感慨，老陆已经悄悄把手摁在你的肩头。

"会过去的。"他说。

"别逗了，我已经不是少年了。"

你挣开他的手，静静地望着子青将手放进新郎的臂弯，心中波澜不惊。

在此之前，多少个长夜你辗转反侧，相思如山倒；多少个瞬间你爱憎交织，痛斩情人肠。你以为失恋那天的痛彻心肺令你永生不忘，却永远都想不到，当看着她戴上别人的戒指时，自己竟会如此淡定。

酒过三巡，你意料之中地醉了。老陆摁着你问："当初你说自己酒精过敏，是真是假？"

你笑着摇头，将酒杯斟满转向下一个目标。

那一天，你抽风似的推杯换盏，终究抵挡不出酒精的淫威。你根本不知道战场是怎么转移到KTV的，影影绰绰，不分东西，将昏未昏之际，你听见铁头唱道：

"让我与你握别，再轻轻抽出我的手……是那样万般无奈的凝视，渡口旁找不到一朵相送的花。"

伴随着这样的歌声，你的思绪仿佛飞回了时过境迁的城市。你和老陆凑钱到校门口吃一盘麻婆豆腐，回到宿舍，胖岛一丝不挂地在阳台上洗冷水澡，铁头还在跟双核探讨他那遥遥无期的女友，嘉泽宁看见你，推了推眼镜说："那个，子青刚才来找过你。"

记 · 得

002

树上有云

▶ 树上有云

片刻APP主编。

宋莲在医院耗了一下午，挪到一个诊室，落座，检查，然后就被林嘉辗转到下一家，继续落座、检查，全是椅子和椅子之间的位移。林嘉上下楼跑，腿脚受累，钱包出血，在强冷的中央空调覆盖下，原本干净熨帖的衬衫湿濡黏重，像是负债累累。拿到最后结果时，林嘉比宋莲失意，宋莲则不以为意。医生数着药瓶子，嘱咐着林嘉一日几次几时吃，不管林嘉有没有听到心上，末了还是象征性宽慰了一下，好像说聪明的人比较容易有这个病症。医生总是通过无情来表达有情。

林嘉不想道谢，还好宋莲说了句"我饿"。他便牵起她的手，头也不回地走向门口，下一号病人已经急不可待地冲了进来。林嘉下意地识地想着，人总以为匆匆是赴生，殊不知匆匆也是赴死。

已经很久没有牵过宋莲的手，一穷二白时握不住世界，唯有紧紧握住她的双手，走到哪里都不肯放，因为她是唯一真实存在并完全属于自己的。到后来什么都有，也不担心她会走，林嘉就忘记了，把手松开，一松就是七八年。宋莲专心在等她的餐，像小孩子一样脚踢着桌角，但面容很安静，像在想事又像没有。林嘉看看这张曾经觉得很美的侧脸，伸出双手将她一只手握紧，像回到以前将她攥在手心里时。原来两个人久了，也不全是左手握右手，像这一刻，双手握着她，其实都有差别。但宋莲喊热，未经几秒就把手抽开，连同林嘉的回忆，生生中断。

宋莲手会抖，汤水溅到身上，她也不知，继续满足地吃。林嘉用纸巾擦拭，她嫌烦。以前也会洒，吃什么洒什么，不过那时是女孩儿的粗心大意，林嘉常笑说要帮她买个围嘴，以后吃饭就戴上。现在林嘉笑不出来，只是心里盘算，不要等到明天了，一会儿就去买。

医生说宋莲会有一点失忆，这一点究竟是多么大的点，林嘉不知。

关灯睡觉前要吃药，宋莲不肯，说要去维多利亚港看烟花，今天是回归日。是回归日没错，只是已过去16年。林嘉哄她说：“还早，吃完药睡醒了我们就去。”宋莲就乖乖吃了药，说：“你答应过我，不要骗我。”林嘉觉得心口有点疼。

要上班，林嘉请了看护照顾宋莲。焦头烂额地开会，接到看护电话，惊慌地喊他快回。开门以后，屋子像被人洗劫过，看护急于撇清自己，说宋莲发疯一样拆了墙上所有的照片，撕了满书柜的书，打破了所有的旅行纪念品。眼下，宋莲却像孩子一样在沙发上睡了，林嘉看到她脸上有泪。

是药，也是毒品，宋莲在变好，所谓好只是越来越安静，睡眠时间越来越长。她醒来开始写字，让林嘉给她买老式的信纸信封和邮票，每天默默趴在阳台写，写完就封好，谁也不给看。林嘉问她写给谁，她也不讲，再问，就哭，说："我讨厌你，林嘉在哪里，你帮我把他找回来。"

医生已经讲过会有一点，林嘉心如刀绞。

忙碌半生又如何！林嘉说辞就辞，以前整月整年在外跑，现在有时间回家了。每日牵着宋莲的手，满城走，去以前两人去过的地方。不走不知，已经变化好多。林嘉在宋莲耳边说这里以前是什么，那里以前是什么。"你还记得吗？"是说给她听，也是说给自己听。宋莲只是懵懂，困了饿了就会哭。林嘉带宋莲到皇仁书院，25年前，他们认识的地方。宋莲听不进以前的事，只闻到路边糖水香。

林嘉安顿她在长椅上坐好，小跑去买，一步三望不敢让她离开视线。端到她面前时，宋莲一脸通红，满眼泪，像犯了大错。林嘉看到她身下长椅在滴水，地上已有一摊水渍。宋莲说："帮我找林嘉，我要回家。"林嘉流泪抱住她，像是共犯，只是比她更伤心。

宋莲已经决定，把她眼前的林嘉遗忘。

如果无病无灾，还要在这个世界上活几十年，想到这里，就觉得日子好长，如果宋莲不在了，又该如何？林嘉从梦中惊醒，身旁空空，他终于知道什么叫心慌。大门打开着，宋莲肯定是出去了。林嘉顾不上穿鞋就下楼冲上街，天已乍亮，街头车马匆匆。林嘉飞快地用视线扫过，在马路正中发现了宋莲的身影，她穿着睡袍，光脚没鞋，怀里抱着一摞东西，直直往前走，不顾车流。眼看一辆急行的货车冲来，林嘉大喊宋莲的名字，宋莲停步回头，货车与她擦身而过。林嘉大喊让宋莲站在原地，就急忙向她跑过去。在那一刻林嘉明白，如果没了宋莲，这一辈子就算完了，九死一生也不过如此，揪心欲死。跑过去也就几十米，这条路此刻却变得很长，宋莲只是停了几秒钟，又转身往前，这一回没有躲过。宋莲被一辆飞驰的摩托车撞到，也只有几秒钟，她在林嘉的视线里倒下，怀里东西散落一地。

宋莲是想去寄信，邮票方方正正贴好，谜底揭开，每一封正面都有娟秀的字：林嘉收。

林嘉：

　　我不打算回去了，现在也回不去了。来去都不自由，现在关卡好严，进不来也出不去。英国人理查德·休斯说，借来的地方，借来的时间。香港就是这样的地方。其实我也是，原打算只是来皇仁书院念书，借人家的地方，认识了你，借念书的时间，和你在一起。以前觉得一辈子很长，遇到你后觉得一辈子太短。你说会牵着我的手一辈子，我信。

　　　　　　　　　　　　　　　　　　　　　　　宋莲

老　陈

003

夏阳

▶ 夏阳

小说作家。

1

我说，老陈啊，你能把你那破歌关了吗？能吗？

2

三个月以前，老陈在我家楼下支起了一个麻辣烫摊儿，外罩一红色棚子，顶挂一暗黄灯泡，灯泡下面点着炉子，炉子里面烧着红油，热气腾腾人声鼎沸，外面看像婚房，里面看像灵棚。

有时我下班晚，就过去将就一顿晚饭，开瓶啤酒，一边吃喝一边擦汗。

老陈不算账，不数你吃剩下多少签子，碰上不知道规矩的新顾客叫他结账，他就大手一挥喊道，钱压酒瓶子底下就行。

味道嘛也就那么回事，这种麻辣烫摊儿就这样，下锅之前你是金针菇我是鹌鹑蛋，大家各有各的生活，入锅滚一圈再出来就都一个德行了，就是辣，而且辣得廉价，辣得没特点没风格没脾气。

我咂摸着一口啤酒下肚，听老陈又把那首闽南语的歌循环放了一遍之后，实在忍无可忍了，喊道："老陈啊，你能把你那破歌关了吗？能吗？"

老陈说："喝你的酒，废他妈什么话？吃也堵不住你嘴！"

我说："老陈啊，我每次吃你家的麻辣烫都拉肚子，你是不是放泻药了？"

老陈说："麻辣烫都这样，不拉肚子说明做得不地道。我老陈行走江湖这么多年，靠的就是诚信二字，保你吃完就拉，绝不掺假。"

3

老陈说他行走江湖，这事还真不是蒙人。

平时老陈在红色的棚子里，就穿一身油脂麻花的粗布工作服，头发剪得又短又平，顺脖子流汗，坐一小马扎上，自己拎着一瓶啤酒，一边喝一边看着我们这群食客。

我说："老陈啊，你不热吗？"

老陈说："热。"

我说："热你还捂那么严实？"

老陈说："我脱了怕吓死你。"

我笑了："我怕啥！我早就看见你袖口露出来的文身了，方方正正一大块黑，怎么，弄个麻辣烫摊儿还把鸭血文身上了？"

老陈没说话，脱掉了粗布工作服，露出一身黝黑健硕的肌肉，我无声地看着他。

我知道老陈所言的"吓死"指的是什么了。

老陈啊老陈，这一身刀疤，总得有点儿什么故事吧？

4

后来老陈问我："你打过架吗？"

"打过。"我说。

老陈又问我："那你受过伤吗？"

"受过。"我说。

"讲讲，当时是怎么受的伤，被砍还是被捅？"

我说："上篮的时候没落稳崴脚了。"

老陈说："操你大爷，谁让你说打篮球了，我说打架受伤。"

我说："哦，打架那次啊，喝多了回去被我媳妇一顿抽。"

老陈说："滚。"

我端起酒瓶说："来，老陈，走一个，喝完这口该讲讲你了。"

5

老陈说："其实也没什么好讲的，我在最后一次跟人打架之前，已经意识到我就是个傻×了。"

老陈的故事发生在一个人口不足十万的偏远县城，老陈也是在这近十万人中找到了自己喜欢的一个姑娘，他用四个字加一个逗号形容那姑娘：干净，害羞。

当时，老陈已经步入了黑社会职业生涯的正轨，早就不是光着膀子走街串巷看谁都不爽替老大收保护费的实习生阶段了，他甚至已经开始涉足一些洗浴中心和夜总会的生意了。

为此，老陈还特地花了三千块买了身西装。

买这身西装并不是单纯地对自己社会地位的肯定，没出息的老陈还是因为那个姑娘。老陈跟我吹牛×说，他当年砍人的时候是个话痨，一边砍一边跟被砍的人聊天。"知道错了吗？"一刀，"知道就说说吧，错哪儿了？"一刀，"你这检讨得也不诚恳啊，你是不是瞧不起我啊？"一刀，"哎，最近挺火那电视剧你看了吗？"又一刀。

我说："老陈，你这是心理变态吧？肉体精神全面摧毁啊。"

老陈说："真不是，我就是天生爱聊天。"

老陈又说："不过奇怪了，我这么爱聊天的一个人，怎么见到那姑娘就说不出话呢？"

然后老陈明白了："这他妈就是爱啊，爱不就是把一大活人变成僵尸吗？"老陈再想，"那她爱我吗？"

于是老陈回头看了看自己的履历：27岁，身体健康，事业有成。

正是求婚的好时候啊。

老陈回到家，把衣柜最里面那身挂得平平整整的西装拿出来，比当年第一次拿刀还紧张，套在身上动都不会动了。领带连着系了几次，看着都跟红领巾似的，老陈也纳闷，当年上学的时候也没系过红领巾啊。

总之，最后老陈觉得差不多了，看了看时间也快到了，他和那姑娘约好了在一家当地规格最高的餐厅见面。老陈对着镜子深呼吸，一阵突如其来的敲门声差点儿吓死他。

来的是老陈最好的兄弟，但老陈没告诉我他的名字，这小子来了以后就一句话："哥，出去砍人。"

本来已经不在街头打打杀杀的老陈，看到还挂着彩的兄弟，一股热血上涌，脱了领带西服又挂回去，问道："现在几点？"

"四点半。"那小子说。

"好，五点之前回来，我还约了你嫂子吃饭呢。"

于是老陈换上一件耐脏的旧牛仔服就跟着出去了。

他五点没能回来，从此再也没见过那个姑娘。

后来的事老陈一笔带过，神情像极了一个疲惫的老人。他说："重伤，七年，我自己顶的，放出来以后没人接我，去年我在网上看见了我兄弟和那女人一家三口在外地旅游的合影，孩子挺高，他们俩都胖了。"

6

"狗血！"兔姐听完了喊道。

兔姐也是这里的常客，挺有意思的一个人，在一跨国企业当高管，平时化淡妆穿制服走起路来小腰一扭一扭高跟鞋咔咔作响，到这里来就是人字拖小短裤头发往后一扎低着头吃牛丸。

老陈嘿嘿一笑，不搭话。

我说："老陈你反驳啊，你告诉兔姐，生活就是这么狗血，你以前不是话痨吗？你反驳啊。"

老陈低头不语，直到我们吃饱喝足把钱压在啤酒瓶底，再也没说过一句话。

7

有一次我出去见客户，途经兔姐的公司，她约我出来吃饭。

在一家装潢极为讲究的西餐厅，我一看菜单立刻跟弹簧一样站起来对兔姐说："姐，我有事先走了。"

兔姐说："坐下，看你那没出息的样儿，这顿我请。"

我立刻又坐下说："啥事也没有陪姐吃饭重要。"

我和兔姐闲聊了一会儿，就提到老陈和他的麻辣烫摊儿，最近我一直没去，我以为兔姐在，原来兔姐也因为天天陪客户，快一个月没去了。

我问兔姐："姐，你长这么漂亮，我要是在你公司肯定天天对你进行办公室性骚扰，还吃得起这么贵的西餐，你怎么就能把自己弄得邋里邋遢跟广场舞大妈似的，晚上跑去吃麻辣烫呢？"

兔姐说："我得让老陈看看我最真实的样子，以后万一拿下他，总不至于让他后悔。"

我说："姐，我早就看出来你对老陈有意思，你是抱着救济难民的心态吗？"

兔姐说："什么心态都不重要了，老陈是个大傻×，心里没我，而且我要走了。"

8

吃完那顿天价西餐以后，兔姐就真的走了，美国，两年。

偶尔越洋电话打过来，兔姐说："我算是理解老陈当年坐牢是什么感觉了。"

然后就开始哭，哭掉了好多电话费。

9

我还是会去老陈的麻辣烫摊儿，因为拉肚子的人太多，这里的生意已经不如以前了，有时就只有我和老陈两个人。

不过我后来一想，既然哪里的麻辣烫吃完都拉肚子，那生意变差的原因就不是这个，而是老陈日复一日循环的同一首闽南语歌让人听恶心了。

我现在一听前奏就能跟着唱，但我不知道是什么意思，所以我问老陈："你给我讲讲这唱的是啥玩意儿。"老陈说："你不是天天上网吗？网上查去。"

第二天上班的时候我想起这事，搜这首歌名，看到了歌词，其中一段是这样：

我呒是无爱你　看抉到甲己

放荡的过去　漂泊算啥味

茫茫渺渺啊　未来仁叨位

爱我你会死　青春无值钱

看抉到天光　咱拢是黑暗眠

甲意你的香味　麦问我为啥味

10

有一天老陈跟我讲，干不下去了，准备收拾东西去外地混混。

我说："这不干得挺好的吗，怎么说走就要走？"

老陈说："好个屁，现在就剩下你一个顾客了，还他妈老不给钱。"

我抬头一看，是这么回事。

老陈又说："兔儿前一阵给我打电话了，说要回国，要和我结婚。"

我说："那是好事啊，她挣钱多，你也老大不小了，到了该吃软饭的年纪了。"

老陈摇了摇头说："我不能坑她，你看她打电话的时候，虽然光着脚踩着板凳像个泼妇似的，但是嘴里谈的我一句都听不懂。我们没有共同的生活，她对我的喜欢只是一种幻想，她也许觉得我的伤疤性感，也许因为我的过去感动，但这不是爱情。"

老陈继续说："我知道爱情是什么样的，当我把那个姑娘的名字用一个黑黑的方块彻底盖住以后，我就真正明白了爱情长什么样。"

"老陈啊老陈，你牛×半生，刀刀见红，你砍人不耽误聊天，你为了兄弟进监狱顶罪一言不发，你为了爱情去看她和兄弟的孩子还要删除访客记录，你忍着文身针在皮肤里游走的疼为了盖掉女人的名字，还得被我这样的嘲笑成像一块鸭血，这你都做过了，你就不能对兔姐说声谢谢吗？"

老陈说："好吧。"

11

兔姐再来的时候，开了一辆我一辈子也买不起的车。我看看马路对面美艳动人的兔姐，又看了看旁边紧张的老陈，有点儿遗憾地说："老陈，你现在后悔还来得及。"

老陈笑了，问我："会打领带吗？"

我点头。

老陈打开随身行李箱，拿出西服拉了拉褶皱，拉平了这么多年空空如也的岁月。

我把领带给他系上，再看着他一步步走过去。他的背影高大挺拔，在这并不晴朗的天空下，我似乎看见了每一次出去赴死前义无反顾的决绝。

我看见他站在兔姐面前，两个人好像说了些什么，也可能什么都没说，他们最后伸出手，如同第一次见面的朋友一样，礼貌，客气。

没有拥抱，也没有挽留，只有这样一次握手。

兔姐开车去往东边新买的房子，老陈拉着行李箱钻进地铁，赶去火车站一个半小时以后开往南方的列车。

身后的小区是我租住的房子，我不知还能在这里住多久，只是晚上再也没有一家放着闽南语歌曲的麻辣烫棚子让我喝一瓶啤酒。

我戴上耳机，一路听着回去：

最后一支烟　我就欲来离开

七逃无了时　幸福是啥滋味

氧 化

004

曾卷耳

▶ 曾卷耳

大学在读。"你涉世未深，所以与众不同。"

氢 qing　氦 hai　锂 li　铍 pi　硼 peng

碳 tan　氮 dan　氧 yang　氟 fu　氖 nai

1234567，氧在化学元素周期表的第8位。

氧化：[yǎnghuà]

在《化学》（必修一）的第35页，我找到关于它的解释：氧元素与其他元素发生的反应。

比如你咬了一口苹果，然后把它放在空气里。

比如动植物的吐纳和呼吸。

比如铁的生锈。

或者还比如，你会怀念他的旧。

我的化学很烂，并且烂得很真实。

那张48分的期末考试卷子就夹在一本躺在抽屉里两年的高一化学书里，书上写了满满的笔记：粗盐的提纯、蒸馏的注意事项、氧化还原的规律……

敷衍潦草的字迹显然都是漫不经心的，但那让我看起来并不是无药可救。

试卷上的考号是021401473，第一道填空题问$NaHCO_3$的俗称是什么。

后来义无反顾选择文科的我早就把这种化学常识忘得一干二净了，唯一记得的只是自己是怎样在那个完全不理解的物化生世界里度日如年的。

我要开始讲一件好多次想说却说不出口的事情了。

那栋楼下有一家水果店，已经是7月的末梢。西瓜、葡萄、荔枝……放在一格一格的木头盒子里。

那栋楼的第三层，有一个可以晒到早晨8点钟太阳的小阳台和绿色的植物。

晾衣架上有一件蓝色的衬衫。

2011年就像是我的1996年。

晚上的九点钟，教学楼的第二层，整个高一从楼梯口涌出人潮，我也在其中。

在学校门口，我往右走，然后路过很多棵黄桷树，乘一辆同样往右开的公交车。一连几分钟，车上的刷卡机机械地重复：学生卡、学生卡、学生卡……

有时候如果我坐在靠窗的位置，就一直看着窗外，然后想象着一辆车撞过来，我是深深地把脸埋在膝盖里，还是侧身扑在我座位旁边的那个人身上。

我总会觉得2012年特别靠近，不是今年，就是去年。

事实上它是前年，我清楚地知道。

不会等着你来拆穿。

那个晚自习放学的晚上，我大概是走到第十一棵黄桷树的时候，和我一起走的女生悄悄地说根号三就在前面。我特不要脸地跑到三个男生的面前，一脸灿烂地问"你们谁是根号三啊？"然后我特骄傲地说，我们班有个女生很喜欢你哦。

他没有说话，旁边两个男生开始起哄。

我扭头就跑掉了。有太多太多女生喜欢他，那时候我不知道这件事。

我只记得，路灯昏暗，就像是沉在海底的渔灯。

我的2013年是很多种情节，却不是一部电影。

因为每次我想要说出的时候，都会变得语无伦次和不够洒脱。若你坚持问我，我的感觉。我只能告诉你，是有些特别，却又不足以难忘。

比如早晨的7点钟，我站在公交车站的那一家酸奶店门前，有时候用店里的公用电话打给班主任：老师，今天又堵车了。

比如有一次公交车堵在半路上，根号三从车窗外跑过。然后我就拿出书包里的笔记本开始背短语，看到他的奔跑，我不再慌张不安。

比如我常常在吃早饭的时候顺便趴在桌子上睡五分钟，所以我的早晨总是显得慌乱。我一路狂奔在校园操场的林荫道上，从他的身后跑过。我是短发女生，那种长度在下巴一点点的短发。跑起来的时候一点也不够美好。

比如下午放学，我在学校外面的书店无聊地闲逛。我抬头的时候，他正好路过。而我看见他的时候，他也正好看见我。

比如每天晚上，我和他都在同一个车站下车。

我每次都等红绿灯，而他每次都不等。

2014年的小半年是一部灾难片。

《余震》里说：人们倒下去的方式，都是大同小异的。可是天灾过去之后，每一个人站起来的方式，却是千姿百态的。

我倒下去过。

拍毕业照的那天是立夏后的第16天，最高温度22摄氏度，最低温度18摄氏度。

雨落得小，我们都没有打伞，就让我们假装天气很好就是了。小希说，根号三穿了那件我喜欢的蓝色衬衫。我想起上课给小希写过的字条：我想偷偷扯下他蓝色衬衫上的第二颗纽扣，然后把我的扣子缝在上面。我和小希的草稿本有好多好多长篇大论的瞎扯，我和小希是同桌。

我有一张毕业照，照片上是一个穿着米色棉麻长袖的短发女生背影和根号三的侧影。

那个短发女生就是我，而那张照片纯属偶然。

我从冰箱里拿出一杯冰水，喝第一口就差点呛出眼泪。当我准备喝第二口的时候，我想起一件事，这件事让我变得不够诚实。

距离高考不久的那个晚自习，放学是晚上的10点50分。

我刚刚走出校门的时候，一个我不认识的男生喊我的名字，然后跟我说再见。

我满脸的疑惑与惊讶，却不是因为那个莫名其妙的再见。

而是当我听见有人喊我名字的时候，我看见走在前面的他。

突然回过头，看着我。

我喝掉了剩下的一整杯冰水，却没有在接近40摄氏度的气温里清醒过来。

反而变得糊涂。

我打开那本高一化学书的时候，那张48分的期末考试卷子就夹在第35页。

我看到第一道填空题问 $NaHCO_3$ 的俗称是什么。

我写的答案是：$NaHCO_3$，碳酸氢钠，俗名小苏打，在潮湿的空气里会缓慢氧化。

一杯冰水和一整个懒散的午后陪伴我。

我没有喜欢他。

因为他已经被六月的空气氧化。

而我没有还原剂。

那天早晨的八点钟，我在家附近的水果店买了两串葡萄。

我看到那栋楼的第三层有一个装满了阳光的小阳台和绿色植物。

晾衣架上还挂着我喜欢的蓝色衬衫。

我手里提着两串葡萄，站在没有红绿灯的路口。

一筹莫展。

后记：
中学名字是城南
所以全都是旧事

失 眠 的 人 都 应 该 去 一 趟 青 海

005

大辉

▶ 大辉

光电能源公司经理，MBA在读。

1

没有一场远行不是源自内心的困惑。

而困惑在很多时候都是源自某种撕裂——你感到很痛，你停下了脚步。

就在那一刻，你目睹了困惑的降临，而困惑实际上就是你停下的脚步本身。

因为，你感到，有很多事情你做不到。

比方说，在城市森林里终日模糊地游移，能一如既往地黑白分明下去。

比方说，穷途末路依旧能穷且益坚，仍能呼喊"安能摧眉折腰事权贵，使我不得开心颜"。

比方说，逐梦的年纪里会以梦为马，发誓不会甩开朋友绝尘而去。

千万别说，那些做不到都是一种成熟，因为我不知道那算不算是在侮辱成熟。

心里拧巴的时候，每天都像站在群魔乱舞的迪厅里。

全世界都是鼓点铿锵，全世界都是灯红酒绿。

不知为何，你突然就会在某一刻沉湎于困惑当中，然后灯光消失，音乐骤停。

你觉得周围的一切都很可笑，再也high（兴奋）不起来了。

伴着困惑，有时连梦的入口都会丢掉，你觉得周围的一切又变得可爱起来。

因为，你失眠了。

我习惯于在深夜里轻轻掀开窗帘的一角，然后就能看到霓虹闪烁的夜色宁静得像一汪彩云掠过的湖水。夜幕最浓的时候，它开始入睡，发出温柔的喘息。

我不是印象派，我对自己没那么矫揉造作。

睡不着，我也不恼火，相反，我很享受这种声光影组合出来的静谧。

这种静谧往往就是能把我带离烦恼躯壳的小船。

或许，美好的东西总是干净的，一尘不染，简简单单。

或许，尘世嘈杂，唯一能湮没喧嚣的还是宁静与缄默吧。

我说的缄默不是那种胸有城府满肚子跑心眼儿的韬光养晦，也不是那种痛极忘言满眼睛奔泪的沉默不语，而是那种世人皆醉我独醒，就算全世界脏成了龙须沟我都不管，且行藏在我的缄默里。

比方说，破帽遮颜过闹市，卖猪肉的和卖茄子的打起来了，鲜血四溅。

你依然能破帽遮颜，然后轻轻拭去冰棍儿上的血花，舒舒爽爽地吮上一口。

如此，便与这个世界无关。

如此，这便是另一个世界。

那一年，失眠了很久的我去了一趟青海。

我寄希望于青海大片晶莹蔚蓝的天空和大片神秘朴素的土地能让我释然一些。

然后找到最透彻的针线来缝合那些被撕裂的伤口。

真不行，跳进青海湖里泡他个一天一夜，估计也管点儿用。

去青海肯定要联系扎西，那个曾经答应要在每年春节都会给我寄一条哈达的老朋友。

虽然年复一年地我都会问他："为什么还没有收到呢？"而他年复一年的答案也都是单调且唯一的："嘿嘿。"

2

在我不长的人生里，我有一个判断，那就是——
所有不善言辞、惯于缄默的人，都是自己的诗人。
这个，只要看他的眼睛就知道了。

扎西的眼珠一直游移不定。
他每天晚上十点会准时推开我宿舍的门，只露出半个脑袋来，寻找
能与他共赴网吧通宵的玩伴。
每次我都会发现那两个毫无规律可循、在眼眶里四处乱撞的小球儿。
他不爱说话也不必说话，在他推开门五秒之内，该去的都会趿拉上
拖鞋与他一起遁入夜色之中。他不乐意等待也无须等待，五秒钟之
后，该不去的也就不去了，他也会很坦然地一个人合上门离开。
我之前还怀疑他是不是受了跑跑卡丁车的毒害——
那些变幻莫测的车道，那些八街九陌，那些羊肠九曲。
后来才知道，他是在收集无穷多的信息，类似于相机十连拍，连只
苍蝇飞过，都统统拿下。
如若不然，他的笔记本里怎会有这样凌乱的情诗：

滑行在陆地上的邮轮

下着石头雨的牧场

剥皮的妖孽

太阳揭开面纱的慢动作

梦中的荒诞

足以说明没有你在我身边时

我的生活已是一塌糊涂

糊涂个屁啊，你不知道日有所思夜有所梦吗？

窗台上摆着的是学妹送给我的生日礼物啊！

那只上面写着"一帆风顺"的木头船都落了三层灰了，你到底什么时候开始重视起来哒？

还邮轮呢，明明是只帆船嘛。

好吧，我承认我的那盆文竹已经枯死了，你只看到花盆里的鹅卵石吗？你没看到上面的烟屁股吗？

还有剥皮的妖孽，你问我要的时候，我跟你讲明白了的，那是《终结者4》的海报啊！

太阳揭开面纱，算是对了吧，但求求你了，早上从网吧回来，麻烦不要端着炒面到阳台上边看日出边吃饭啦，我有起床气哒！

所以，我去青海，只想让他接个站，营造一种天下谁人不识君的假象来聊以自慰。

我甚至都不敢奢望，他跟旁人介绍我的时候，能用藏语简单吹两句牛×。

因为，蹩脚诗人扎西的嘴巴只能用来吃饭。

大学四年，他除了给我念了几首蹩脚的情诗外，正常人类间的沟通不超过十句。

我记得有几句是这样的：

"哎，跑跑卡丁车不——"

"哎，帮我答个到，我要去跑跑卡丁车——"

"哎，作业写完了吗，抄抄——"

"哎，别抄我的了，我抄错了——"

可能是因为汉语普通话说得不流畅的缘故，扎西很少说话。

就算说，也是语气急促、语音极粗，如同跌落瓮里粗声粗气地喊救命。

不过，他跟远在老家的女朋友打电话的时候会不一样。

只有那个时候，他才能稳稳妥妥地熬上一阵子，那是我们见过的最像粥的电话粥了。

不是说熬的时间长，而是你根本听不出他稀里糊涂地讲了些什么。

我们一直不知道他女朋友的名字，因为当面询问别人女朋友的名字这样的事儿，甚至比问人家的年龄都显得莫名其妙。花已经被猪拱了，你管它是什么花干吗？

可闲来无事久了，就容易变得无耻，浑身匪夷所思的小好奇无法自生自灭。

我们就不当面问他女朋友的名字了，那样不合适，我们心照不宣地尝试偷听他的电话。

因为自得其乐不犯法。

后来证明，他一次像样的机会都没留给我们。

有一次在他宿舍打扑克，他在上铺坐莲花打长途，我们就揪着耳朵窃听。

只听明白上来的第一句"阿巴拉（爸爸）"，我们就放弃了。

靠，跟女人无关，我们继续打扑克。

耳边继续着嘟噜嘟噜的藏语，像永远也捻不完的佛珠。

半个小时后，他对着电话那边说："不好意思哦，打错了。"

这可是叫了半个小时的爸爸啊！你也太客气了吧！

这么诡异的聊天节奏，就算是给他女友打电话，我们能听明白什么？

鬼才知道！

3

那天晚上，银措卓玛在出站口接我的时候，我非常遗憾。

扎西告诉我："银措卓玛会带你去塔尔寺。"

我原本期望他能骑着他刚买的小瘦马特拉风地来接我呢，最好是摘一摘礼帽，对我说一声"扎西德勒"，然后把哈达挂我脖子上，那才圆满。

他有一匹小瘦马，空间的照片里，扎西跨上它，球鞋还能拖着地。

可惜银措卓玛跟我说："他去玉树给牧民打针了。"

我大惊："骑着那匹小马过去，得多久？"

她扑哧一笑："那匹小马是牧民的，他骑摩托去的。"

我看着灯光中这个扎着一条大辫子、身材苗条有致、双手插到夹克兜里的姑娘说："你是导游还是他女朋友？"

她告诉我："都是。"

据说，当年她之所以喜欢上扎西，是因为扎西在高中时花重金资助过一个同班同学读书，就觉得他是一个有情有义且很man的男人。

当然扎西也因为这件事儿，成了党员。

要不是他在大学时挂科巨多，我们很有可能叫他"扎支书"。

扎西最讨厌的是开会。

因为，会上需要发言，而他往往无话可说，充其量在表决某件事情时说一句："我没意见嘛。"

所以，他的人缘极好，积极分子们都争先恐后地让他当自己的推荐人。

有的女积极分子，见他面部轮廓刚毅、长发潇然，就主动接近他。

可扎西入学第一天就当着全班同学的面哆哆嗦嗦地说了他阿玛拉（妈妈）叮嘱他的两句话："不要考第一，只要你能安安全全地回家。不要谈女朋友，因为海边的漂亮姑娘会欺负你。"

得不到的从来金贵，众姑娘就更抬举他了。

整日闲云野鹤般的木头疙瘩扎西，冥冥中活得竟然有一种木秀于林的感觉。

想到这里，那种极度想见到扎西的心情愈演愈烈——我想发个微博啊！

那个脸廓刚毅、长发潇然的年轻人，那个沉默冷峻、帅到没朋友的年轻人，可以的话，还能挑逗一下那些初为人妇的女同学的小神经呢。

我问银措卓玛："扎西啥时候回来？"

她说："长则半个月，短则三五天。"

我的返程车票是四天后，她的答案让我很纠结，对缓解一个处女座的失眠症非常不利。

我只好另辟蹊径给自己解脱。

我想起了扎西的舅舅，我跟扎西说我要去塔尔寺主要就是想见他舅舅——塔尔寺十七个活佛中的一个。听他之前讲，他舅舅非常火，粉丝无数，信众极多。

我说："明天去塔尔寺能见到扎西的舅舅吗？"

她说："看缘分。"

我说："能不能看面子？"

她说："在我们这里不行。"

我仰头，看到青海的夜空干净得像孩子的眼睛，漫天的星星低垂着，仿似一抬手就能抓到。

我的酒店订在离塔尔寺不远的地方。

银措卓玛却打了辆出租车，走了好久好久才在一家饭馆前停下，招牌上写着"炖羊肉"。

我说："都是炖羊肉，跟塔尔寺边上的那家差不多嘛。"

她说："炖羊肉哪里都有，面皮汤却是这一家做得最香。"

我看着面前这个姑娘，心里突然抖动不已。

扎西与她四年的异地恋，两千公里的不放弃，理由只是这样简单——

炖羊肉哪里都有，面皮汤却是这一家做得最香。

夜里，我将房间的灯全部关掉，睁着眼睛在黑暗里追逐声音。

青海太可爱了，黑夜是真的黑夜，不像海边那样像个多动的孩子，夜深了都睡不宁。

我像往常那样，轻轻掀开窗帘的一角，没有霓虹闪烁的夜色温柔得像一床厚厚的被子将我包围，我不知道它是什么时候睡着的，我听不到半点喘息的声音。

可惜，我依旧睡不着。

4

别人早上的清醒往往能对比出我的困顿来。

为了更好地出行，我喝了两大碗羊肉汤补充能量，甚至还吃了一碗味道让人亢奋到心爆的老酸奶。

所以，当我双脚踏出酒店的时候，心情就跟头顶上方万里无云、湛蓝耀眼的天空一样了。

银措卓玛在塔尔寺边上的一家旅游公司上班。听她说，扎西在塔尔寺藏医院里的基金会上班。所以，两个人离得不太远。

我问她："扎西还是到处风驰电掣吗？"

她很惊讶："你怎么知道的？！"

我没跟她提跑跑卡丁车的事儿——那两个毫无规律可循、在眼眶里四处乱撞的小球儿，那些变幻莫测的车道，那些八街九陌，那些羊肠九曲。那都是小儿科。

我说："上学那几年，扎西的自行车以每年两辆的速度丢，为什么？"

我说："因为所有人都认识那个风一般的藏族男生，他的自行车是最贵的。所有人都会买学长学姐们倒下来的二手车，只有他爱车爱得要死，就算是顿顿馒头也要买新的，就算是去礼堂看电影，他也要双腿夹着自行车一下一下地蹦上去。"

她就捂着嘴笑："是哦，他现在还是那个样子，不爱走路，到哪儿都骑着摩托车。"

我也笑起来："鸟枪换炮啦，自行车改摩托车啦！哈哈哈哈！"

她依旧开心地笑："连我的钱都被他要去改装摩托车啦！哈哈

哈哈！"

我顿时怔住了："你说什么？！"

我们并排走在人来人往的游客中间，花花绿绿的衣服阵阵飘过，周边的拍照声咔嚓咔嚓响个不停。我摸着一个一个的转经筒，仰头看着前面的金色大殿在阳光下炫人眼目，银措卓玛告诉我，那都是由真正的金子粉刷的。

我就摸着转经筒闭上眼开始祷告："发财发财发财。"

她说："转经筒都是别人捐的，里面有经文，每个人转它一圈就如同捐赠者诵了一遍佛经。"

我睁开眼看到身后排成长龙摸转经筒的人群说："靠！这叫偷懒！"

她说："风诵更厉害，你可以在玛尼堆上挂经幡啊，风吹一遍就顶着你诵了一遍佛经。"

我环顾远处山腰上的玛尼堆，眼睛一亮："靠！不早说！"

我请了很多经幡，一边系一边朝风里撒。我不懂梵文佛经，我只是借着这神圣的仪式趁机潇洒一把罢了。远处的雪山上白雪皑皑，稀薄的空气在我的胸腔里扑哧扑哧地响。

她说："你许愿了吗？"

我说："大家一起发财啊！"

她笑着说："我们当地人很少有这样起誓的。"

我说："你和扎西不想发财吗？"

她说："塔尔寺方圆有富人，但那跟我与扎西的感情没有半毛钱的关系，我们俩的工资都很低。"

我不信："家门口上的买卖，围着塔尔寺溜达一圈儿跟游客拉拉家常就能赚钱啦！"

她告诉我："公司里挂名的导游太多，实行轮班制，一月里有很多时候都会休班。"

她说："不过，不上班的时候，我也要每天围着塔尔寺转一圈儿。"

我说："拉私活儿，跑黑吗？"

她抬起手来，指着一个小喇嘛："不赚钱，跟他们一样吧。"

我看到那个七八岁样子的小孩子，双手上套着磨掉半边的木板，一步一磕头，脸颊和衣服上都很脏，眼神却很清澈。银措卓玛说，他们会从太阳升起一直磕到太阳落山。我不知道他们是怎样做到的，不过我能猜得出来——他们肯定不会失眠。

扎西的舅舅出门了，我只好给佛像磕头。

堂里没有让你买蜡烛高香的贩子，也没有不伦不类拉住你算命的假道士。

银措卓玛很专业地给我讲解宗喀巴的故事，我也不断地羡慕她跟扎西有神仙眷护的爱情。

我说："两情若是久长时又岂在朝朝暮暮，那是考验，有情人朝朝暮暮才是最好的结果。"

她说："没有啊，扎西老进藏区，一月只能见几次面。"

我说："那也肯定少不了关怀备至的呵护。"

她笑了："命中注定的爱情呵护个什么劲啊，顺其自然，该怎么活就怎么活。"

自她说完，这句话就一直在我的脑海里盘旋——

命中注定的爱情呵护个什么劲啊，顺其自然，该怎么活就怎么活。

然后我就看到她往捐款的沙盘里放了五块钱，又从上面挑出了三张一元的。我很惊讶这里没有募捐箱，而是放了一个硕大的沙盘，在上面你可以随意找钱。

她跳着跟我说："请你喝饮料吧。"

她没有买饮料，而是买了两瓶矿泉水，递给我一瓶。

我顿时觉得银措卓玛会青春永驻，因为矿泉水是最好的饮料。

5

扎西从玉树回来的时候没有骑摩托车，他是被人从藏区一路抬回来的。

他也有高原反应，所以，当我看到他那乌紫的眼皮和嘴唇后，既担心又好笑。

他的同事用跟他同样低沉急促的藏普跟我说："他开始难受的时候，都不喊一声。别人看到他的时候，他已昏迷好久了。"

我就问躺在病床上的扎西："你怎么就不喊一声呢？"

他皱起眉头来考虑了片刻，呜呜地回答："我也在纳闷呢，我一藏族的怎么也会有高原反应呢？"

一口鲜血差点儿喷出我的鼻腔。

他努力笑起来，呜呜地说："不好意思，没让你看到白哈达，让你看到了白床单。"

我说："兄弟，你不害怕吗？"

他呜呜地说："什么？"

《心经》里说：依般若波罗蜜多故，心无挂碍，无挂碍故，无有恐怖。

我对他说："你说什么？！你这是在作死！"

扎西只打了一天的点滴，就从医院里跑出来，把他那辆刚从玉树用卡车运回来的改装摩托从库里推了出来。

我心惊肉跳地坐在后座上的时候，他只看了一眼旁边送我们的银措卓玛，就把头盔的护镜"啪"的一声合上了。然后是长达半分钟的给油轰鸣，银措卓玛刚说了一声"注意安全"，我们就已如离弦之箭飞驰而去。

扎西要带我深度游，我们顺着公路一路向南。
在耳畔呼啸不断的风声中，我想到了其余的老朋友。
根据时差，那时他们有的或许已经睡着了，有的或许还在跟妻子吵架，有的或许还在抽着烟坐在电脑前面加班，有的或许跟我一样，轻轻掀开窗帘的一角，看到霓虹灯闪烁的夜色宁静得像一汪彩云掠过的湖水，夜幕越浓，他们的眼睛就越亮。

在路上，在我们路经的寺庙里，扎西采下鲜血般艳红的苹果放到我的手里，我端起它们如同端起姑娘的脸庞那样小心翼翼。
在路上，我看到湖边雪白的鸟的骨架如同一个小的口琴，微风穿过它的缝隙，音符在安静如镜的湖面上跳出迷人的舞姿。
在路上，扎西蹬开碎石刹住车，一边脱着衣服一边朝着雪山的方向跑，一直跑到悬崖边，一丝不挂张开双臂对着远方的雪山大声呼喊。
这一切都跟这个世界无关。
这一切只是另一个世界罢了。

在荒无人烟的旅途上，摩托车的嘶吼震彻山谷，像一首热情的歌。

一路上他依旧话很少，仿佛只是一个影子在开车。

被我们甩下的路越来越远，我仿佛也越来越明白——他不是一直沉默不语，而是选择了另外一个舞台。

如同人一生下来就决定了你是家狗还是山狼，我把未来叫作前途，而你把未来称作自由。

半路上我让他停下车，我开始对着苍茫的前路一步一叩首。

我开始将我的智慧、我的口、我的心，与土地摩擦融合。

扎西往前飞驰成一个黑点，这是一段自我救赎的距离，也是一段让黑夜降临的距离。

那天，我从中午一直磕到了晚上才与他碰上。

我衣衫褴褛地趴到他身边的时候，扎西呜呜地说："啥时候回去？"

我用舌头舔舔沾在唇边的沙子说："明天。"

6

我走的时候，扎西骑着摩托车载着银措卓玛来送我。

扎西递个眼色，银措卓玛就从包里拿出一条雪白的哈达来。

扎西说："兄弟，我舅舅开过光的，不好求。"

我接过来说："再见，也要送哈达吗？"

他和银措卓玛一起笑着跟我说："扎西德勒！"

列车什么时候开动的我没有注意，因为车轮滚动的声音早就从我的耳畔消失了。

清澈的风如水一样隔着玻璃再次抚摸我的眼睛，灵魂此刻就躺在这水的中央，仰面就能看见蓝天和白云，我觉得生活从来没有如此美好过。

我坐在窗边，看着渐次退去的高原，觉得自己变成了一个有着云朵性格的人。

以往的躁动不安、欢喜或是难过，都会在一片云彩掠过之后销声匿迹。

我把窗子推上去，将口袋里还剩下的龙达抛到风中。

它们翩跹飞舞，旋入远方的山谷，就像一群自由自在的花蝴蝶。

它们飘飘洒洒，在我的眼前出现又消失，让我想起了很多事情，又忘掉了很多事情。

不知不觉间，我睡着了。

直到海风把我吹醒，就像一场梦。

张 瀚 与 付 媛 媛

006

贰十三

▶ 贰十三

畅销书作家。已出版《凶宅笔记》等。

1

年前张瀚来北京找我。

他要去西藏途经北京，我是途经北京却不知道去什么地方。

我们在麦当劳见面。

续了两次杯，很默契地谁也没提到付媛媛。

临走张瀚给了我一张请柬，新郎是他，女的我不认识。

张瀚说："我逃婚了。"

很酷。

我说："付媛媛要结婚了。"

语气很抱歉。

付媛媛是张瀚大学时的女朋友。

张瀚是我的大学同学。

他们俩是在网吧认识的。

张瀚的手很快，当时玩魔兽世界操作很厉害。

张瀚的嘴也很快，当时玩魔兽世界我们都不让他开麦。

大二的时候，整个寝室都在网吧熬通宵。

张瀚喊："妈的磊子你怎么治疗的？呆╳！"

我默默地抽烟。

张瀚又喊："妈的大雷你怎么跑位的？呆╳！"

大雷默默地抽烟。

张瀚再喊："这个叫╳╳╳的傻╳是谁啊？一会儿踢出去。"

我们对面一个一直在默默抽烟的人站了起来。

2

那次打架虽然全宿舍倾巢出动，却还是不占人数优势。

张瀚的手指断了两根。

在医务室大声冲大夫喊："快救救我，这是职业玩家的手指头。"

大夫说"好"，于是缝针的时候没打麻药。

主动动手的人外号叫虎子，是学校附近的小痞，他当时的女朋友叫付媛媛。

当然这是很久以后我们才知道的。

虎子没钱赔，又不想被抓进去，每天都来医院给张瀚道歉。

所以张瀚就一直没出院。

一个星期后，虎子不来了，他因为另外一件事真的被抓了进去。

换成付媛媛来了。

付媛媛不爱说话，每次都带一罐自己烧的汤。

张瀚每次都不喝，装酷。

付媛媛就默默地看他酷。

又一个星期后，张瀚出院了，因为张瀚发现在医院搞对象太贵了。

张瀚也不跟付媛媛摆酷了，因为他们两个在一起了。

3

夜里，男生寝室都会聊天。

大雷说："张瀚你挖人墙脚，你不耻。"

我说："张瀚你挖人墙脚，你厉害！"

张翰说："付媛媛的汤真好喝，就是我从来没趁热喝过。"

张瀚手好后每天都在寝室做恢复训练，从不出门，天昏地暗。

我跟大雷陪不起了，因为他有付媛媛给他送饭。

付媛媛不是大学生，她在离学校很远的一家快餐店打工，每天都要骑着自行车给张瀚送店里的汉堡吃，风雨无阻。

那个汉堡我见过，比麦当劳的肉还多。

我跟大雷都很羡慕。但张瀚饭量太大，我们连偷吃都没有机会。

大二下半学期，张瀚觉得自己练成了，带我跟大雷去参加比赛，我们输得很惨。

我安慰张瀚："没事，我们运气不好。"

大雷安慰张瀚："没事，他们运气太好。"

付媛媛也在，双手给张瀚递汤。

张瀚抬手打翻了："不玩了不玩了不玩了。"

4

后来我问过付媛媛，知不知道我们在玩什么。

付媛媛说不知道。

我又问："那你为什么还这么支持张瀚？"

付媛媛说不知道。

我说："那你知道什么？"

付媛媛说："我知道张瀚喝了我的汤，有次我看见了他牙上有菜叶。"

张瀚再也不玩游戏了。

每天神出鬼没的。

付媛媛也不再来送汉堡了，因为她总找不到张瀚。

两个星期后，张瀚把我们约到了网吧。

付媛媛也在。

张瀚说："我不甘心。"

我跟大雷说："那我们陪你。"

于是我们再战。

我们输得很惨。

我安慰张瀚："没事，我们总是运气不好。"

大雷安慰张瀚："没事，他们总是运气太好。"

付媛媛安慰张瀚："刚才你应该先用那个技能，你摁错了。"

张瀚冲付媛媛大喊："滚！轮不到你说话。"

5

付媛媛一个星期没出现。张瀚一个星期没出门，差点儿饿死在寝室。

有天我在街上碰见了付媛媛。

我说："你怎么总也不来找张翰了？"

付媛媛笑，说她失业了，最近得先找工作。

我问："好端端的为什么不干了？"

付媛媛又笑："光顾旷工练打游戏了。"

那天我回去狠狠地骂了张瀚，他没回嘴，也不知道是为什么。

骂完后我请张瀚去吃饭。

两个人喝得都有点多。

我说："付媛媛是个好姑娘，你要珍惜。"

张瀚说："磊子，带她出去太丢面子。"

我想说"付媛媛带你出去太丢面子"，没敢张嘴。

付媛媛又找到了工作，依旧是快餐店。

这次离学校近了一些。

张瀚又可以足不出户了，每天吃着付媛媛送来的熏肉大饼。

我又看了，很多肉，但我不馋了，因为我也有了女朋友。

6

大三，我们约好放假要去西藏。

于是开始一起攒钱。

大雷把烟从七块的红塔山换成了四块五的钻石，我在学校里找了一个兼职，只有张瀚自娱自乐。

放假了，付媛媛给张瀚送来了三千块钱。

我劝他们，一起去吧，大家省省够了。

付媛媛使劲摇头。

大雷生气了，说："张瀚，你要不带付媛媛，我就不去了。"

付媛媛使劲把大雷往车站推，还是摇头。

火车上，三个人都不太开心。

我说："张瀚，你有点过分。"

大雷说："张瀚，你不是有点太过分了。"

张瀚说："靠! 再BB老子不去了。"

我跟大雷谁也没停。

张瀚在兰州下车了。

我跟大雷两个人去了拉萨，刚走到布达拉宫，我高反了。

大雷只好把我往北京送。

折腾了一圈，每个人都对这趟朝圣很失望。

7

大三，付媛媛怀孕了。

张瀚到处借钱，借了三天，不借了，因为张瀚在街上看见虎子和付
媛媛在一起了。

当晚张瀚把键盘砸了，第二天后悔了，用借来的钱买了个机械的，
又开始打游戏。

付媛媛来学校找张瀚，被宿管拦在了男生宿舍楼下。

我在窗口叫她回去。

大雷在窗口叫她回去。

付媛媛一直站到了天黑，累得蹲在路边。

张瀚去阳台晾衣服，付媛媛站了起来。

张瀚说："呸！"

付媛媛走了。

当晚我们的运气终于好了起来，战无不胜。
一直玩到天亮。
一大早，几个人排队去阳台洗脸。
付媛媛还在楼下，拎着个保温桶。

张瀚说："呸！"
楼下有个人说："操你妈！"
是虎子。

8

这次我们终于人数占了优势。
可张瀚还是流了鼻血。
虎子玩儿了命地揪住张瀚一个人，怎么拉都拉不开。
最后付媛媛举起保温桶。
保温桶碎了，虎子松开了。
汤溅了我们一身。

张瀚以为付媛媛帮虎子打他，回身给了付媛媛一个嘴巴。

这次付媛媛真的走了。

一个星期、两个星期，一个月、两个月，都没再出现。

张瀚很长一段时间不说话，谁引诱他都没用。

9

夜里，男生寝室都会聊天。

大雷说："张瀚，你后悔吗？"

我说："张瀚，大雷是无心的，你别急。"

张瀚说："不。"

很酷。

大雷说："付媛媛好像要回老家了，你还见她吗？"

我说："张瀚，大雷是为你好，你别生气。"

张瀚说："不。"

一点也不酷了。

第二天很早张瀚就消失了。

晚上没回来。

第三天我发现他在床上睡觉。

第四天他在图书馆。

第五天他在图书馆。

第二个月他在图书馆。

期末张瀚考了全班第三。

所有人都不信。

大雷问："张瀚，你是不是作弊了？"

张瀚说："没。"

很酷。

大三暑假我跟张瀚都没回去，留在北京做兼职。

他在东城，我在朝阳，很远。

一个星期我们会见一面。

我们在三里屯道边喝自己带的罐装啤酒，因为去不起酒吧。

张瀚说："世界太难混。"

我点头。

张瀚指着在路边走的穿短裙的漂亮妞："付媛媛应该像她们一样。"

我点头。

张瀚哭着说："付媛媛要是跟我在一起，永远不能像她们一样。"

我说："也许跟别人在一起也不能。"

我很揪心地说了实话。

张瀚："我现在明白得有点儿晚了。"

张瀚摔了空易拉罐，哭。

10

大四张瀚拿了奖学金，要请我跟大雷吃饭。

我们在胡同里七拐八拐了一整天，才找到一家快餐店。小小的，冷冷清清。

张瀚买了三个汉堡和几瓶啤酒，三个人在路边喝酒。

大雷说："靠，张瀚，你他妈就请我们吃这个？！"

我说："靠，张瀚，你他妈连啤酒都买最便宜的？！"

张瀚说："原来这里的汉堡根本不夹肉。"

然后吐了一地咬碎的菜叶和荷包蛋。

我从没吃过这么难吃的汉堡，苦苦的，咸咸的，跟我想象中的差远了。

11

毕业张瀚就被一家待遇很好的单位聘走了，还解决了北京户口。

一个月后，他却辞职了。

他打听到了付媛媛现在在哪儿。

我还没找到工作，陪他去。

一开始路上我都在劝他："找到了能怎么样呢？

你太冲动了，工作可以请假啊，为什么非要辞呢？"

到后来路上我都在劝他："张瀚你别哭，火车上这么多人呢。"

我们在邯郸的一家商场里找到了付媛媛。

她站在店里，不是售货员，而是老板，隔着很远对着我们笑。

张瀚远远地跟她对视，却不过去。

我推他，推不动。

付媛媛没有走过来，他们中间只是隔着商场的一条过道，却比太平洋还宽。

张瀚出商场的时候很酷。

我说:"张瀚,你没事吧?"

张瀚说:"不!"

很酷。

我说:"你是干吗来了?人就在那里!你他妈的过去啊!"

张瀚说:"不!"

我说:"靠!你不去我去!"

12

付媛媛还认识我。

我说:"那个是张瀚,你不认识了吗?"

付媛媛说:"嗯,终于胖点儿了。"

我说:"他是来专门找你的!你可不可以跟我下去跟他好好聊聊?"

付媛媛说:"不好意思,店里走不开。"

我要了付媛媛的电话。

张瀚却不在商场门口了。

回了北京我玩儿命地给张瀚打电话,他一次都没接。

两个星期后，张瀚停机了。

13

毕业后的第三年，我才知道张瀚的消息。

他去了非洲，玩儿命地给当地的华人做会计。

挣了不少钱。

他回北京，大雷从内蒙古赶过来，我在香港登机，我们几乎同时落地。

张瀚开着车带我们转遍了北京城，好像他一直没离开过一样。

路过一条小街，张瀚停了下来，指着一家小店说："我从邯郸回来就在这里打工，自掏腰包给汉堡里夹肉。最后老板以为我是神经病，把我辞了。"

我这才认出这家店，几年的变化不知道换了多少老板。

依旧小小的，冷冷清清。

张瀚说："我那时候连不夹肉的汉堡都吃不起，我发誓要娶付媛媛。可是有一天我悄悄地来到这里，看见付媛媛在那么冷的天，连副手套都没有。"

我说："都过去了，别提了。"

张瀚说："我那时就醒悟了，我不想逃避了。可是我妈做手术，家里一下欠了很多钱。"

大雷说："都过去了，别想了。"

张瀚说："我根本就不想去西藏，我把钱寄回了家里，可远远不够。"

我拍张瀚的肩。

14

大家都忙，真的很难相聚。

付媛媛的手机号，张瀚死活不要。

我只能看着他们两个人同时出现在我的朋友圈。

看他们发着状态，却永远没有交集。

突然有一天，付媛媛在朋友圈宣布了婚期。

我默默地点赞。

忽然想起，张瀚回北京那晚，我们三个在烤鸭店喝了很多酒，大声地回忆。

服务员一直给我们白眼。

张瀚醉醺醺地拉着一个服务员的手哭："媛媛，手冷吧？我给你焐焐。"

15

过了很多年我才发现，那些美好的、不美好的加在一起才能称为
爱情。

后 刘 海 砍 樵

007

张秋寒

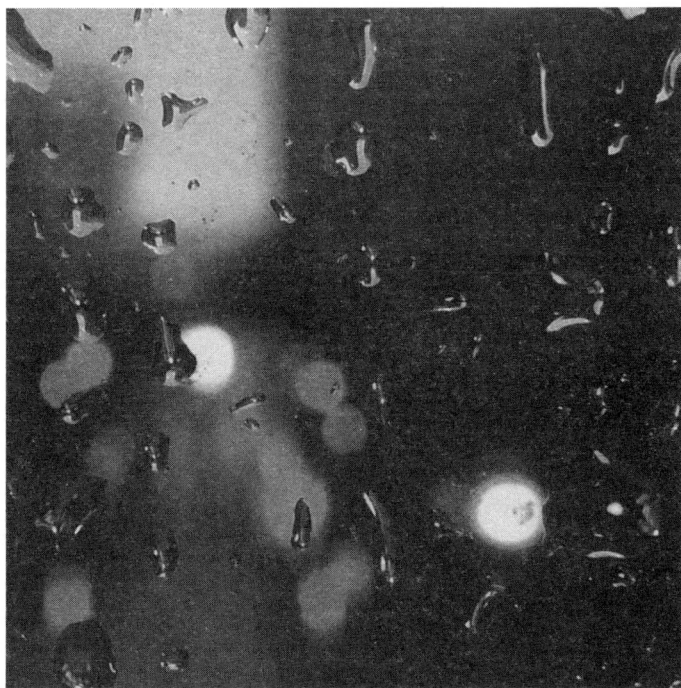

▶ 张秋寒

男，青年作家，插画师，装帧设计师。已出版《寂寞的女子都是旧相识》等。

1

老同学聚会的那天，苏城盛夏的第一场暴雨在黄昏后毫无征兆地兜头泼下。

胡寐骑的电动车，从鞋子到裤脚一路湿到大腿肚。大雨加堵车，延误了时间，到了饭店慌里慌张地一推门，大家都齐刷刷地看着她。

胡寐一愣，这愣不是因为大家看她，而是人人都干松松的，就她湿乎乎跟个漏斗似的。她回过神一想，哦，门口停着一溜儿豪华座驾呢。谁能像她，吃个饭还要马不停蹄、风尘仆仆的。

原来同寝室的几个老姊妹热络地上来拉她："你还和过去在学生会一样，整天有一出没一出地忙着，果真是拼命三娘不减当年。"

东道主是猴头，不过他已然不是大学时代里细条条的样子了。接管他父亲的生意没几年工夫，那啤酒肚瞧着就像是离着八丈远也会碰到人一样。

猴头说人齐了，吩咐侍应生上菜。

胡寐低头抬眼悄悄扫了一圈桌上的格局——男女均衡，生熟间杂。有拖家带口的，也有只身前来的。早婚早育的那几个，儿女们已经在旁边的沙发上玩扑克接龙了。扫到端木那里的时候，正巧他也看着她，但人多眼杂，只能点头就罢。

昔日里最要好的闺密阿媛私下里捅了捅她："你家那个呢，也带来跟我们一起聚聚啊。总藏着掖着搞得和陈阿娇似的。"

胡寐夹了一块牛柳到她碗里："试试看，色泽瞧着火候正好。"

话题都是这样，你想谈的时候没人提，你不想谈的时候岔都岔不开。对面阿莉听到阿媛的话，突然笑吟吟地向胡寐举起酒杯示意cheers，又说："刘海总是这样不给面子，看来猴头的分量到底轻，下回我和端木做东，你跟他讲，不来的话我只好派专车去接他。"

猴头听出了稍许女人之间的火药味，转舵说："刘海也忙吧，分身乏术啊。"

阿莉不依不饶："可不是，保险公司忙得很呢。"

胡寐看了阿莉一眼。那个上大学的时候整天跟屁虫似的追在她后面问东问西的花痴现在嫁了端木这等金龟婿，顺风顺水，扬眉吐气。真是时移世易，三十年河东三十年河西，到这时，竟然换成阿莉来拆她胡寐的台。她心里也怪刘海不争气，为了一单薄利的业务，竟然去求阿莉这种人。现在好了，这女人知道她男人几斤几两，可算是有了把柄，结结实实地踩到她头顶上了。

胡寐勉强微笑着低下头去。可还是有人追问："保险公司？刘海那么细致的人在里面做精算师什么的吧？"

"差不多吧。"胡寐连自己的声音都听不大清楚了，又向阿莉递过去一个眼神。阿莉也就没再说什么。胡寐端起酒杯对着她一饮而尽，算是答谢。

宴席将散时，阿媛扶着她说："就你这神志，能把电瓶车钥匙找到就不错了。"胡寐趴在她怀里窃笑："老姐啊，我知道，就算我在你的大奔上吐个稀巴烂，你也会送我回家的。哦，我爱你。"

她是吐了，不过不是呕吐的吐。

酒后吐真言，话多难为情。

"我男人怎么啦？跑业务打边鼓的小喽啰怎么啦？工资再少也是他一分一毫挣来的，比她这种只会拿着男人信用卡满街刷的败家货强多了，也不撒泡尿照照自己。退一万步讲，端木当年是不是追的我？阿媛你知道的，是不是追的我？那是我不要的，才给她捡去的，真当自己生来就是富贵命呢。"

阿媛知道她酒后多话，只是有一搭没一茬儿地应着。到家时，她才发现胡寐已经倚在副驾驶上泣不成声。她拿来胡寐的手机拨了家里的电话："要有七八两吧，拦也拦不住。你带上去好好服侍，说点软和的话，别饿着她。睡前床头放个盆，她憋在心里，到现在都没吐呢。"

刘海闻言后在十秒钟内冲下楼来。胡寐却挣开他，自顾自地上楼去了。

阿媛看着他们两口子的背影，只能无限怅惘地叹了口气。

2

后来，胡寐把前前后后的事情衔接起来想了一遍，似乎确实是同学会那天的事让她介怀在心，然后就顺水推舟地跟了老卢。或者具体的原因和导火索她扪心眼儿里也不愿深究，毕竟女人很少有这样的兴致去回顾自己到底是怎么沦为情妇的。又不是请客吃饭，还要寻个由头。跟了就跟了吧。

有时翻云覆雨后，大家都是清醒的。一掀窗帘，洁白刺目的月光亮堂堂地照进房间。老卢点了一支烟倚在床头慢慢地抽，她把手伸到角落里去捡先前乱扔的胸罩。老卢拉过她的手抚摸："阿寐，你这么有才华、这么美，嫁这么个男人实在太可惜了。"

那时，她感觉自己的手指像雨后春笋一样在老卢的手心里疯长。那也是她最厌恶老卢的时候。她这个人，万事心里都有数，不喜欢什么话都讲明了、讲破了，对话留一点空地和退路是她的习惯。

"报表陈经理修正过了，我下班前已经打印送到财务科去了。顾城那边的账估计要到下周三才能转过来，你明天上班的时候记得签字。我走了。"她沿着唇线重新涂了唇膏，整理了一下衣服的下摆，拎上老卢买给她的法国名包，款款下楼去了。

流言是在所难免的，也是情有可原的，毕竟不是空穴来风的事，算不得三人成虎。老卢的司机嘴巴大似个天，没事闲得慌还要在公司整出点谈资，何况她现演了这样一出戏。

助理毛毛头是新来的研究生，几番欲言又止，最终还是胆怯地推了推鼻梁上的眼镜，细声说："有些话说得实在太过分了，我就和他们掰了几句。"

胡寐忙碌中闻言，不禁抬头看了一眼这个女孩子，心想："忠心护主，多实诚漂亮的小姑娘啊。自己大学刚毕业的时候不也是这副样子吗？"

想完又问："江北的房子看得怎么样？看中的话就及早拿下，别听专家的。刚性需求，水涨船高，保不齐到了年底又要抬成什么样呢。"

"看好了，月底去签。六十八的小户型，他说我们俩够住了。我先前想着是要再大点，以后有了小孩儿不说，就是刚生产完两头家里来人服侍月子什么的也有个落脚的地方啊。"

胡寐一听，"我们俩够住"这话可是真耳熟，刘海当年依稀也是这么说的。她不禁摇摇头，脸上却还是笑着的："你倒规划得长远。不过买大点也确实有用处，最起码能激励他发奋还贷，不至于窝窝囊囊一事无成。他现在做什么工作？"

"讲师。"

"讲师好啊，吃喝全是公家的，腰包又足。幕前的总要比幕后的风光享福些。"

毛毛头知道她是自怨自艾，劝道："刘先生这样的好男人打着灯笼也没处找啊。煎炒烹炸，勤俭持家，伺候上人，心疼老婆，给你省了多少心！"

胡寐凄然一笑，心想：谁要他会这些？这样男主内女主外阴错阳差的日子你来过过看？她是要比一般的女人强势一些，那也是被逼出来的。男人但凡有三分霸气，女人何苦不小鸟依人？她再强，到底只是个女人，心脏就那么大块地方，能承受得了多少？

可是再往前想一想，想到他们结婚前的时日，刘海是摊了牌的："我没什么大能力，你想好了。豪宅别墅香车宝马我都没法担保能给你，能担保的就是爱，现在多爱以后还是多爱。你要说它是空头支票不相信，我也没办法。"

这话现在放在舌尖上回味一番是破罐子破摔的意思，但当年听来是很要人命的。母亲劝她婚姻大事要三思，她却一意孤行纵身一跳，想着为这样的男人真是赴汤蹈火也在所不辞。

3

结婚之前，她被司仪逼着学了一段花鼓戏，席间好做闹场取乐之用。戏名她此前略有耳闻，叫《刘海砍樵》。

"新郎本就重了名，戏里又有个胡大姐，可不就是你？"司仪说着，递过来戏里胡大姐的行头——两把鹅毛扇。

"这戏是说什么呢？"

"有个樵夫叫刘海，老实本分，孝顺憨厚。狐狸精胡秀英就爱上他了，要嫁给他。刘海说自己没本事，配不上她。但胡秀英还是坚持，两人就在一起了。最后胡秀英还帮刘海成了仙。差不多就是这样。"

酒过三巡，她和刘海上场了。

"我这里将海哥好有一比呀。"

"胡大姐。"

"哎——"

"我的妻。"

"啊？"

"你把我比作什么人啰？"

"我把你比牛郎，不差毫分哪。"

"那我就比不上啰。"

"你比他还有多哇。"

…………

粉墨登场，终高潮迭起。胡寐持着鹅毛扇，刘海戴着樵夫帽，都跟着欢愉的曲乐你来我往，兜圈徜徉。那时，座下宾客们觥筹交错，醉颜喧哗。胡寐自己在开怀畅饮和纵情表演之后也产生了不轻的幻觉。人影幢幢都交叠在瞳孔里，纷纷入云的丝竹管弦绕梁久久，仿佛传说中亡国前的靡靡之音。

她想，这是在哪里呢？哦，是婚礼啊，自己是新娘。眼前这个男人是一日结发就要厮守终生的伴侣呀。

在这段回忆中，胡寐竭力记起了当时的细节。其实女人敏感，虽处变不惊，但大多能在和平与鼎盛中察觉到衰败的征兆。只是灵光乍现，一闪而过，很快就会遗忘。

午后的日光沉静地照着地板，帘影细碎，刘海亲手准备的盒饭在微波炉里悠悠地旋转着。透过百叶窗层层叠叠的罅隙，她能看到那些三五一群的伙计正围坐在一起，一边吮吸着手指上残留的薯条酱，一边眉飞色舞地渲染着她的所谓秘事，说到兴奋处又戛然而止，齐齐看向她的办公室，咂嘴弄舌一番后作鸟兽散。

司空见惯。胡寐不生气，这是她亲手挑选的生活。

4

晚间，他们两口子窝在家里看电视。老卢的电话打了过来："3034，电梯口左首边第五个房间。"

胡寐从容应答："上次先生开的中药你熬了没有？你得按疗程来，有一顿没一顿的哪能指望好起来？"

刘海问："怎么了？"

胡寐下了床，从储藏柜里取出一个桂圆礼盒："老爷子说心里头慌，我去瞧瞧。"

"我陪你去。"

胡寐没等他说完，已经砰地带上了防盗门。

老卢一看就是驰骋情场多年的高手，技巧娴熟，能量充沛。在快乐登峰造极的那一瞬，胡寐甚至怀疑，别是爱上这个男人了吧？但到底在偃旗息鼓后内心了然——维系他们的终究不过是生理的快慰。这个男人几斤几两，她心里有数。白手起家迅速致富，不过是依靠他续弦的那位。听说前妻貌美如花，才艺卓绝，可还是没走出秋凉画扇、始乱终弃的桎梏。

男人心野、有钱、贪色都是祸。刘海半点都没占，他有什么错？

胡寐洗完澡，身上的水珠没擦干，在强劲的冷气里飕飕地蒸发吸热，同时她又想起了这样一个在心里盘桓已久却又无从解答的疑问，一时噤若寒蝉。

换老卢进了淋浴间。他会洗掉身上的黏液，洗掉她的香水味，洗掉风尘，回到家里又是一个洁净的好男人。胡寐想到这里不禁用力地抠着床单上的一小块突起的僵硬。那是死去的生命，是他们情欲的尸体。

她坐不住了，仓皇逃离现场，在回旋的楼道里简直像一只断翅的鸽子。

车子骑着骑着骑到了娘家，父亲的书房还亮着灯火。她好像恍恍惚惚回到了读书的时候，下了晚自习，顶着一身月色回家。父亲给她亮着灯，告诉她，这里是港湾，他们一直在等她回来。

一时她在黑暗中泪流满面。

5

"没有白娘子盗取官银做资本开保和堂，许仙一辈子就是个抓药的学徒。罗子浮金银散尽一身花柳，要不是穷途末路遇上翩翩，早就饿死在破庙里了。中国古时候的文人没事就喜欢做白日梦，自己一穷二白手无寸铁，偏偏幻想着能有一个既国色倾城又生财有道的娘子来助自己一臂之力。七仙女和董永是，三圣母和刘彦昌是，织女和牛郎是，胡秀英和刘海也是。"

难得的午后小聚成了胡寐吐槽的专场。咖啡一口没动，阿媛也只是安安静静地听着她发泄。胡寐是这样的性格——家丑怕外扬，不过但凡被别人窥探去了一两点，那就索性拉开门给人瞧。不然叫大家胡猜，也许就是更不堪的场景了。

阿媛翻了翻他们的结婚照说："你这么要强的女人，男人弱一点其实正好，阴阳调和，相辅相成。反之就是一山不容二虎，找个更厉害的男人，你们倒没有好日子过。"

"你和南国就不错啊，势均力敌。"

"那让给你？"

"行啊，我才不跟你客气。"

又嬉笑了一阵子，阿媛说单位还有点事就先走了，临行前嘱咐她："压力要变动力啊，他自己没有发动机，那你来给他做引擎，就按你刚才讲的那些传说里的步骤来。"

她？做他的白娘子、织女、胡秀英？

看来历史循环上演，接力棒传到她的手里已然是任重道远，指望着她和这些仙女一样缔造神话呢。胡寐有种哭笑不得的感觉。

"江北的门店还是支个可靠点的人过去打理吧，小王我看着总还觉得稚嫩。他照葫芦画瓢还行，独当一面就差点火候。"她拿着电话的手是微微颤抖的。

老卢问："你有人选？"

胡寐顿了顿，说："我不打算让刘海在他们单位继续做了，不然叫他去历练一下吧。"

那头是很长的一段沉默，只有呼吸在听筒里幽微地响着。

"我就是说说。算了，就当没说，你忙吧。"

她要挂电话的时候，老卢追问了一句："你还很爱他？"

这回换作她沉默了。好像一时天地俱静，她真是无言以对。

刘海晚上回来顺道去超市买了新韭和精面。胡寐看着他轻车熟路地系上围裙套袖，全副武装，左边和面，右边拌馅儿，烧水的空当里还能不慌不忙地擀出几片晶莹剔透的饺子皮。厨房里的油烟机呜呜地响着，是背景音乐。锅碗瓢盆咣里咣当，是各种配器在伴奏。最后那一群薄皮儿大馅儿的白月亮你追我赶地跳下汤锅，扑通扑通地，是一曲小合唱。

她就这样安静地坐在这里，看着刘海指挥着厨房交响乐，一看就是五年，直逼七年之痒那座森然围城的大门。

这曲调对于刘海也许是幸福的圆舞曲,可她胡寐听来,总有些挽歌的感觉。她总问自己,当年非他不嫁的勇气和热情逃到哪里去了?真要是时间留不住它,总该还有点余温吧。可她感觉不到。爱情在流光过隙间与岁月对抗,终战死沙场,这曲调明明白白,就是祭奠它的挽歌啊。

吃饭前,刘海给她做一种醋和辣酱各占一半的调料,她一直爱吃。刘海清理掉餐桌上一些零碎无用的餐具,把调料碗放在她右手边,是她顺手蘸酱的位置。胡寐说:"你坐下来吃啊,我有话跟你说。"她把自己的计划和他说了,并坦言会想尽一切办法让他去她公司的江北新店工作。刘海说:"我在单位做得很好啊。"

"这样就叫很好?"她迅速开吃,不再理他,是圣令不可违的架势。

6

"男人朝江北一撂,这头她还不high翻天了?"

"人家是讲究人,戴绿帽不够,还要在帽子上绣花呢。"

她在卫生间的隔板后面听到大家的私语时,月经也正在身上,发窠里全是疼痛带来的汗水。鲜血汩汩,站不起来,在逼仄黑暗的隔间里感觉天旋地转。

老卢说:"小王的五万块钱和一张年卡都送上门了,我还是叫他回去了。他现在辞了职，我又少了一员大将。阿寐，全是为了你。"

"刘海会好好做的，你相信他。"

"我是相信你。"

小姑子得知消息后上门来道喜："我知道我哥是有福气的人，命里有贵人相助。"胡寐听了只笑而不语。

刘海去了江北，偌大一个家只剩下她一人。锅碗瓢盆在这炎炎夏日里看起来都是冰凉的样子。她试着接手这间属于刘海的厨房，可厨具全部是被他教唆过一番的样子，训练有素地违逆着她的心意，处处都不顺手，一个荷包蛋都煎得七零八碎。

入了夜更加怕人，时钟的走针笃笃前进，一下一下地剐着她的心。电视机睡前定了时，她就怕屋子里一点人气都没有。双人床上刘海的那　半是空着的，床单摸上去还是浆洗后毛毛的纤维质感，不像她这一半，翻来覆去已经磨得水滑。

胡寐睡不着，坐起来抽烟。戒了很久，猛地一下拾起来倒醉烟了。尼古丁在血液里缓慢地漂浮，窗外的天成了淡淡的红色，月华如水一般笼罩着她。她坐不住了，只能给刘海打电话："工作还顺利？住得惯吗？不行还是回家来住，每天早起就是了。"

"卢总交代了很多事，最起码这段时间还是要留在这里的。"

他有这份心她也就不说什么了，拿起遥控器百无聊赖地挑着电视台。沉闷的夜场电视剧一一滑过，她后知后觉，发现跳过的一帧画面眼熟得很，是午夜的戏曲频道在演《刘海砍樵》：

"我这里将大姐也有一比呀。"

"刘海哥。"

"哎——"

"我的夫。"

"啊？"

"你把我比作什么人啰？"

"我把你比织女，不差毫分哪。"

"那我就比不上哪！"

"我看你俨像着她啰。"

没错，俨像。牛郎织女隔着河，他们两个隔着江。人家那是被逼的，她这却是自找的，还是有些差异。

想着想着她就累了，接着就捂着一颗心患得患失地睡了。五更天的时候醒来一回，西天斜着一钩淡淡的残月，飘窗洒满蛋壳青的光影，是古诗里寂寞帘枕空月痕一般的情景。

7

就这样一夜一夜地过到了天凉快入秋的光景。刘海时有返家，不过是来取了东西又匆匆上岗。胡寐什么话都不好讲，唯有嘴硬地嘱咐他好好工作、注意身体。

阿媛说她在单位看到了一张签着刘海大名的业务单："他现在接触的都是大客户，过手的都是好几位数字的生意了，你开心了？满足了？"胡寐没说话，咔咔地扳着手指骨节。

"知道你诚惶诚恐、瞻前顾后，但事先应该能料想到，万事不能两全。辉煌是要代价的，要用孤家寡人、形单影只来换。我和南国面上风光，私底下比你好得了多少？"阿媛悠悠啜上一口茶，很是看得开的样子。

处暑的那天，秋老虎陡然杀了回来，胡寐身上从早到晚都敷着一层汗。楼上总经理办公室打起来并传出刘海的怒吼声时，她这汗一下子出得更急了，全是冷汗。

说里三层外三层真的不为过，劝和的、拉架的、报警的乱作一团。老卢的西装撕掉了一只袖子，秘书的桌上全是粉碎的玻璃碴儿。刘海薅着老卢的头发，虎口卡着他的脖子。老卢的脸看起来像被一盆开水浇过似的。

尽管混乱，但大家看到她来了之后还是自发地让出一条路。胡寐站在这个人肉的甬道里看着他们，看着眼前的这两个男人，但这两人她一个也不认得。

老卢不是往日的老卢，他所有的骄傲、尊贵、意气风发都在这种简单的暴力里铩羽而归。刘海更不是以前那个唯唯诺诺、谨小慎微的刘海，尽管他这举动将会带给她无尽的困扰和麻烦，但她还是对这耳目一新的形式生出了赞赏，哪怕这赞赏此时看起来非常病态甚至畸形。

一个挤着全公司上上下下员工的办公室在那一刻是落针可听的阒静。似乎她没有讲话，任何人都不敢讲话。那她只有张嘴："你回家吧。"

刘海一直是背朝着她的，他只敢和玻璃窗上那个她的影子对视。可他那时听到了她的吩咐，只有松开手，慢慢地转过身来。他显得非常孤单，是茕茕孑立的感觉。他不可能再在老卢手下做下去了，所以他在这一帮子员工面前，在今天一起从江北过来办事的同事们面前，甚至在胡麻面前，他都只是个外人。他的单枪匹马带着一股特别浓郁的悲哀。

他慢慢地走过来，沉默着和她擦肩而过，渐行渐远。楼道里回荡着他清冷拖沓的足音。

8

她不知道刘海在不在家，她自己连着一周没有回家。

老卢住进了二院，肋骨挨了刘海几拳，伤得不轻。黄昏时分，他爱人走了，她才进门来探视："伤筋动骨一百天。别的不怕，韩国人那边的单子估计是谈不了了。"

她一直低着头，犹像着到底应不应该说一声对不起，或者这样的抱歉今时今日是否合宜。

"他以前练过跆拳道吧？一招一式有模有样的。"老卢笑着说。

她被他说得哭笑不得时，老卢却很冷静地规劝她："他一定爱你爱得要死。不要不相信，是这样的。"他说，男人近距离权衡对手，总比女人站在对岸看得仔细一些，"这顿打是为你挨的，很值，起码能让你看到一个完整的他。"

"他会原谅我吗？"

"如果没有原谅，我不会躺在这里。"老卢又说男人不会做无用功，他不原谅你的时候只会把你丢弃在原地，而不是站出来生杀予夺。

胡寐一忍再忍，终于泪落不止。好几晚整宿的失眠让她的眼睛血丝密布，稍有眼泪沁出来就苦不堪言。

"阿寐，我前妻很美，就像你这样，细眉薄唇的。"他们那时在老家有一座旧宅子，春天来的时候，桃花在南风里疯长，花开满枝，院子里就像辉映着霞光一样。她会在花树下唱一些古老的折子戏，时日就像流水一样在那些旋律里飞逝而过，"我很想再回去，不过显然不可能了。但你不一样，你们不一样，还想着对方、念着对方，那就还有机会。不要让自己后悔。"

她问："是吗？"

回家时，她路过昔日经常漫步的广场。斜阳低低，有很多孩子在那里喂着鸽子。她就走过去看，一直看到即将入夜，最后一只鸽子都消失在云层里。

起身时，鞋跟咔吧一声断裂。踮着脚走了几步，到底无法前行。想掰断另一只鞋跟，反而坚不可摧。她在路人的目光里一时局促不安。

掏出手机，她翻到刘海的电话。输入的称呼是老公，但是扪心自问，她已经很久没这样叫他一声了。手机在掌心突然变得燥热不安，颤颤巍巍地转移到耳畔。

等待了三十秒左右，刘海接听了，胡寐唇齿较量了一番，还是开不了口，只好依然直呼其名："刘海，鞋子坏了，你来街心广场接我一下吧。从家里拿一双拖鞋。"

她率先挂断，不敢听他可否，此后陷入焦灼的等待。胡寐不确定刘海会来，或者老卢所说的"把你丢弃在原地"是在这个时候应验。但她管不了那么多，没那个能力，也没那个精力。她能做的只是原地等待。

五分钟，十分钟，一刻钟，半小时。在她脱下鞋子预备赤脚走上大路，然后打的返回办公室的时候，一溜儿街灯辉煌亮起，刘海也伴随着华灯初上的灯火出现在不远处的街角。

他走过来扶着她换上舒适平坦的凉拖，并把她那华丽脆弱的高跟鞋丢进了垃圾箱。她叫他："刘海。"

他知道她想说些什么，就刻意避开："我买了两节浅水藕做了藕夹，不过没看住锅，炸得有些煳了。你肯定吃不惯，就到前面卤菜店买点熟食吧。"

她不作声，只点点头。

小半只棒棒鸡、一碟海带、一碟腐竹。掌柜是个老太太，慌慌张张地称给他们就回里屋看电视去了。电视声响亮，他们在外面也听得分明——

"胡大姐你是我的妻啰。"

"海哥哥你带路往前走哇。"

"我的妻你随着我来行哪。"

"走哇。"

"行啰。"

"走哇。"

"行啰。"

"得儿来得儿来得儿来哎哎哎……"

Le liseur

008

北京病徒

▶ 北京病徒

从事法语翻译工作，讲故事的人。

我在法国留学时，被富婆包养过。

因为99%以上的人刚听我讲几句，便会立刻断定："丫就是一鸭子，鉴定完毕。"所以索性开篇就自贴标签。而且，我不在乎，甚至十分希望你们会这么说我。我好从你们的鄙视中汲取足够的戾气，逼自己尽快走出来。

我从29岁生日的前两天，到30岁半，一直住在一位比我大14岁的有钱的法国女人、我的大学教授名下的高级公寓里，每月还会领到很多零用钱。我需要为她做的，只是每星期三次，朗读小说给她听。

我对她说的第一句话、我一年半"被包养"生涯的钥匙，是"对不起"。第三次上她的课时，我因为连轴打工，睡着了。醒后拼命向她道歉，下课后，就被她喊住了。

她用了很多华丽的形容词赞美我的嗓音，说一百万人里都找不出来，希望我定期为她朗读，待遇如上文所示。不过至少在她任教期间，要严格保守秘密。

她罗列完条件，我竭尽全力才挤出一句："让我考虑一下。"之后便枯对着她，一语不发地考虑了三杯咖啡和半包烟。但我的大脑，当时是在不停旋转的。旋转的内容其实比较单调——我不是在做梦吧？我在做梦吗？我不是？我是？不是？是？

考虑完，准确地说，确认了这是在现实生活中，只要我点头就会真正发生的美梦之后，我象征性地最后忸怩了一下——"我的法文，中文口音很重，没问题吗？"

当然没问题。她听完我的法文后，才找的我。当晚我就空着手，搬进了豪华公寓。拜拜，我那三四个、多的时候六七个的室友；拜拜，我那些不值钱的行李。

第二天晚上，她第一次来她的房产、我的住处，带着本兰波的 *Illuminations*。

我有些吃惊。因为：1.我以为"朗读"是她"以钱换性"的包装纸，没想到真的是字面意义上的朗读。2.她带书来，让我不禁认真地疑惑了起来——我的嗓音……有这么大魅力？真的假的？完全不觉得，从来没觉得。说实话，到现在也不觉得。

她话很少，很少很少。我不知所措地胡乱搭腔，她也不理我，只在忙着放音乐，给自己倒酒，从衣柜里拿出舒服的衣服换好后，斜躺在沙发上，对我说："开始吧。"

我，一个来法国学酒店管理的、从没读过一本小说的粗糙爷们儿，在对着一个年长的漂亮法国女人，用浓厚的中国口音，朗读 *Illuminations* 中，迎来了自己的29岁。

29岁夜里1点，她掏出日程本，说两天后再来，换回来时的衣服，走了。

此后的一年半，我给她朗读了上百本小说，从她那里拿到了好多好多钱，对她的私生活一无所知，深深地爱上了她，却连她的手都没碰过。我这是第一次告诉陌生人，我深深地爱这个女人。不过打出来后，觉得也没什么难以启齿的，我就是爱她。

我意识到自己已经不可救药地爱上她了，是回国探亲的时候。大概给她朗读了三个月左右，我发现自己没事就在想她，就狠狠地下了决心——我们只是在做生意。所以不要再多瞟她一眼，要么盯着书，要么盯着她的钱。

下完决心后，自我感觉执行得还不错。同学们（大概）都以为我是个遍地都是的来法国学酒店管理的中国富二代吧。直到回家时，我妈盯着我看、围着我转，一整天下来后，才犹犹豫豫地说："儿子，你怎么变得我都不认识了呢？"

自己亲妈不认识我，那我一定变得很厉害很厉害。哪里变了呢？镜子里还是那张脸，还是觉得我妈做的炸酱面好吃，有钱了也不想去胡乱挥霍，我应该没有变吧？

第二天和大学同学们约好踢球，我提前了半小时到场，随手拿出朱利安·格拉克的《林中阳台》，来打发时间。

大学同学见到我，惊讶得恨不得拉着我示众："我靠！你丫看书！我靠！还是原文的！我靠！竟然没拿倒了！洋人啊！你这彻底是洋人了啊！我靠！"

我比他惊讶多了——嗯？我已经不知不觉地养成了阅读的习惯，不对，染上书瘾了。

潜移默化大概说的就是这么回事吧。

从给她朗读开始，我渐渐能切实地闻出文字的气味；能听到它们被妥帖地安放在完美的句子中时，发出的愉悦的叹息。它们冷时，我跟着发抖；它们悲伤时，我和斜着身子聆听的法国女人一起，沉沉地掉进巨大的孤独中。

我的中国口音早就消失得无影无踪了。朗读给她听，把我的法文潜移默化成了真正的法文，把我潜移默化成了一个真正热爱文学的男人，把我潜移默化成了一个深爱她的男人。

想起她后，便开始肆无忌惮地想念她。她说的每句话；她眉毛下面，偶尔没有拔净的几根细毛；她聆听时，细微的表情变化；我鼓起勇气，试验性地一人多角，扮小丑朗读萨冈的《逃亡之路》时，她不断发出的咯咯笑声。

我可真爱她呀！

这世上只有一处我愿意待的地方、一个我愿意共享时间的人、一件我愿意做一辈子的事，我等不及回法国了。

不过在回去之前，我要去一趟越南。《情人》情结？当然。

我在越南得了重感冒，接着得了呼吸道感染，奄奄一息地几乎爬着回到北京，做了咽喉息肉手术。

小心翼翼地静养了一个月，回到法国的第二天，她就把我解雇了，说我的声音发生了虽然细微但是令她无法接受的变化。就像我现在都不知道我的声音好在哪里一样，我当然无法听出自己声音的变化。但做了我一年半的听众的她这样说，就一定发生了变化。

我叫自己鸭子，是因为我想听见别人讲起我的事情时，使用"后来他被富婆甩了"这种表达方式。那样我也能恍惚而短暂地，骗自己我们在一起过。

实际上，她解雇我时，因为我从她那里拿了好多好多钱，所以根本没资格抗议；因为我从她那里拿了好多好多钱，所以到最后，都没说出口"我爱你"。

我现在在北京，早就重新捡起了烟酒和浓咖啡。我的声音大概劣化了很多吧？我仍然听不出来，也不在乎。这不是夸张，即使让我一辈子不作声，也没关系。

因为我每天都在不想念她的间隙里，随手拿起一本书，对着爱人的方向，在心里朗读给她听。

我 只 是 不 喜 欢 你 了

009

小岩井

▶ 小岩井

翻译，日语教师，私人小说写作者。已出版《我依然爱你，我只是不喜欢你了》。

1

金庸小说中，我最爱《笑傲江湖》；众多人物中，我最爱令狐冲。但由于初读年纪小，每逢读到令狐冲对小师妹的念念不忘就匆匆跳过。这点也始终让我觉得令狐冲的潇洒不羁之余，感情上有种张无忌般的优柔寡断之感，不甚舒畅。

话说《笑傲江湖》第二十六章"围寺"情节中，得知任盈盈为救令狐冲被困少室山后，令狐冲率江湖众人围攻少林寺。此时讲到众人陷入陷阱，情况危急，生死只在顷刻。突然天降大雪，顿时风声鹤唳，万籁俱寂，群雄只等令狐冲一声令下群起而攻。而此刻令狐冲看着山花野草、飞雪漫天，心中突然一柔，想起了岳灵珊："小师妹这时候不知在干什么？"

小时候看到这一段非常硌硬，紧张热血的情绪莫名被寒了大半。还觉得令狐冲真不是东西，人家任大小姐为了你连性命都不要了，你在这危急关头还想着抛弃你的小师妹，脑子坏透了啊。

这短暂的硌硬很快就被后面的剧情冲淡了，我也就忘了这段剧情。

直到不久前看到一部电影*One Day*中的一句台词：I love you.Dexter. So much.I just don't like you anymore. （我爱你，德克斯特。我只是不喜欢你了。）

如果单独看到这个句子，我会觉得非常难以理解，爱不就是升级的喜欢吗，怎么会存在只有爱而没有喜欢呢？正在我琢磨这句话的时候，记忆这个神奇的抽屉，自动跳出了令狐冲想起小师妹的情景。

"小师妹这时候不知在干什么？"

我豁然开朗。

2

两年前参加大学好友梁锋的婚礼，前一晚我们一帮男生喝酒唱歌，回忆往昔放浪形骸。我喝多了去上厕所，出门看到梁锋在外面抽烟，招呼我一起。氤氲中，我当时也是喝多了，没话找话，多嘴说了一句："以前我一直以为你肯定会跟王杨璐结婚呢。"

梁锋看看我，又看看天花板，沉沉道："谁不是呢……"

梁锋和王杨璐认识是在刚进大学的十佳歌手比赛上。当时我也参加了，王杨璐在台上唱歌的时候，梁锋突然狠狠拉住我的手，大喊糟了糟了。我一囧，问他："你是拉稀了还是要出柜？"他神色紧张道："这完全是我梦中情人的款啊，不去认识我会撞墙而死的！"

我白眼："那你就去啊。"

他说："可是我不敢，要不你帮我去问号码吧？"

"我去？你的梦中情人干吗要我去问？"

"你脸皮厚啊！兄弟，靠你了，事成我请你吃大餐！"

才认识一个月，我就被他发现了我最大的优点，嗯……于是我就去了。

后来比赛我和梁锋都被刷下了，王杨璐进入了决赛。决赛之后，两个人就在一起了。原来两个人早就互相注意到了，真是看对眼了。

那次大餐我吃得很开心，其实当月老也蛮好的。

两人相处得很好，兴趣爱好也很一致，始终很甜蜜。身边几乎所有人都认定，将来肯定是要吃他们的喜糖的。

"那后来为什么分手了呢？"我问梁锋。梁锋回包厢拿了两瓶啤酒，递给我一瓶，一起坐到了大厅。

梁锋说："你出国那年我们同居了，起初一切都很好，我们也想过早点结婚稳定下来。不过一起生活后，琐碎的矛盾渐渐多了起来，我是个什么都漫不经心的人，而她很有主见，更喜欢生活有条不紊、井井有条，甚至有点强迫症。其他生活中零零碎碎的事，原来没发现，但天天在一起，问题就逐渐积累，甚至一个烟头都能引发争吵。

"虽然有时候会吵架，但是我也不怎么往心里去，哄哄就好了。慢慢地，她开始担心未来，想要考研，想要去大城市发展，而我想回到家乡小城平淡地过日子。对未来的规划使我们的裂痕越来越大。随着毕业临近，我们之间越来越冷漠，经常一言不合就闹得不愉快。后来我们认真沟通了一次，达成了一致。她最终决定去上海，而我留不住，也只能祝福。

"毕业就分手，我们也没能逃过这个魔咒……"

我想我那天真是醉了，又傻乎乎地问了一句："那你现在还爱她吗？"

梁锋一口干完了瓶中酒，苦涩道："感性上，我的确爱她，但理性上，我知道我们在一起对谁都不好，只会越来越多地争吵……所以爱并非什么都可以呀，就算我们彼此妥协，心里也都不痛快。让彼此都不痛快的感情，又何必死死不放……"

我问他："那你喜欢现在的嫂子吗？"

他眼睛亮了亮："她很好，她喜欢我，我也喜欢她，但我很难说那是爱。不过没关系，我们可以很好地生活在一起，像喝一杯温水，平淡自如。"

两年过去了，如今的他又有了可爱的女儿，家庭和睦，生活得简单而知足。

都说相爱容易相处难。我自己又何尝不是如此？虽然很清楚自己确实是爱那个人，可那个人的言谈举止又让自己难以接受，爱可以增强对恋人的包容，却无法改变双方的思维行径。彼此在互相折磨中证明只要有爱什么都可以，真的很累。

可惜，我想说，真的不是有爱什么都可以。因为生活还有太多细节与琐碎，比爱更坚不可摧。

爱的时候，谁都想不顾一切去爱别人，可是回到生活，又免不了更倾向于保护自己。在这种纠结的感情中，有人选择了温水煮青蛙，任由生活顺水推舟，缝缝补补彼此煎熬；也有人选择好聚好散，在故事还不是最糟糕的时候退场。

无论哪一种，都无可指摘。

3

《笑傲江湖》结尾，任盈盈扣着令狐冲的手腕叹道："想不到我任盈盈，竟也终身和一只大马猴儿锁在一起，再也不分开了。"说着嫣然一笑，娇柔无限。

这个时候，小师妹已经香消玉殒。而此刻的令狐冲，是否还会心念一动，想起凄苦死去的小师妹？

对于恋人深爱前任这件事，任谁都会不是滋味。可爱就是爱，怎么可能因为不在一起，就完全不爱了？感情不是水龙头，想来就来，想去就去，若真是如此，那才叫没人性。

人无法选择是否会动心，但至少我们懂得是否该放弃。这才是成长的代价。

令狐冲可以为了任盈盈将生死置之度外，若是小师妹呢？我想他也会。

令狐冲要娶任盈盈，任谁来阻挡，他都会勇往直前，可若是小师妹呢？我想他不会。因为他知道，自己并非小师妹想要嫁的人。

如果她身处危难，他可以为她放弃生命。但若她幸福快乐，他愿意衷心祝福不再出现。这不就是爱吗？

我想起了另一位金庸人物——郭襄。郭襄如此爱着杨过，却又衷心希望杨过能够和小龙女在一起快乐生活。

后来郭襄创立了峨眉，为她的嫡传弟子取名风陵师太。风陵渡，是她最初遇见到他的地方。

站在峨眉山上的郭襄，看着峨眉金光云雾飘洒，是否会想起十六岁夏天绚烂的烟火……

很多时候，不正是这些莫名涌上心头的柔软，才让我们觉得没白活过吗？

我依然爱你，我只是知道，自己不能再像以前那样喜欢你了。依然祝你，平安幸福。

重 逢 没 那 么 轻 描 淡 写

010

刘舒谊

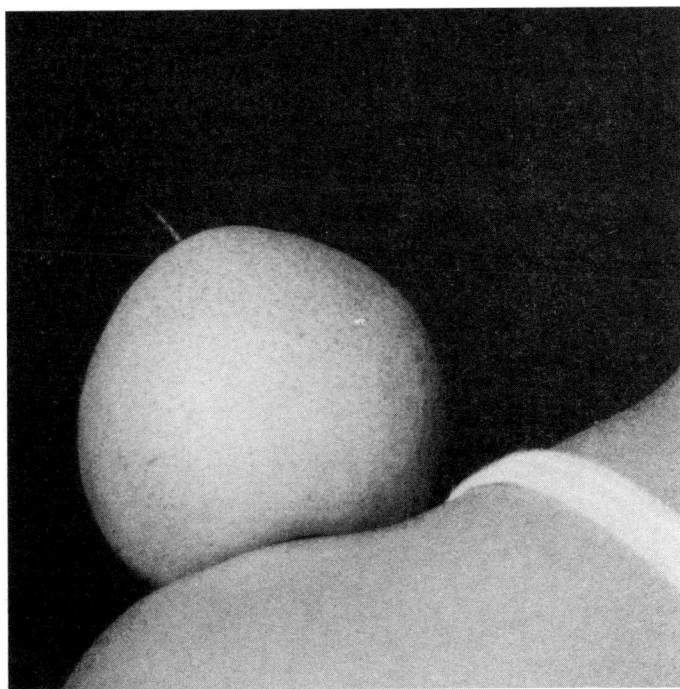

▶ 刘舒谊

武汉大学中文系毕业。80后摩羯座，编辑，自由撰稿人。已出版
《失孤》。

第二次来上海，距离第一次来已经有五年时间了。

第一次来上海是因为毕业旅行，好朋友保送了复旦的硕士，我们相
约来替她庆祝踩点，也为我们青春的尾巴做一次简短的告别。结果
在上海意外碰到了老关。

老关是我们古代文学的教授，其实他不老，也不姓关。他教我们，
课从《诗经》开始，第一次就用日语给我们朗诵"关关雎鸠，在河
之洲"。我们还在震惊之中，一个迟到学生莽撞的一声"报告"
打破了教室平衡的氛围。老关从自己的朗诵状态中惊醒，看着学生
提着早餐站在教室门口喘气，他不怒不吼，默默一句："余受惊而
已。夫唯起床与早餐不可兼得也，汝等携餐与吾课，缘何不享之
于余？"他不扣学分，但从此谁迟到谁给他买早餐，这规矩决不
可破。

从此，"关雎"印象和夫子作风，贯穿着他陪伴我们的两年，老关

这个名号不胫而走。

其实古代文学，在老关的嘴里并不那么艰涩和痛苦，反而似一曲委婉的古筝曲，丝丝入扣，扣人心弦。他最常用的一个词就是"轻描淡写"。他说《诗经》是轻描淡写的：这个丫头在山上唱一句，那个小伙子在另一座山头听到了，相约在河边见面——男女爱情，相爱就这么轻描淡写，纯粹无瑕。痴情女子嫁到男方，男人变心背叛，女人恨恨说了一句："你多吃点儿饭别饿着，我回娘家了。" 一婚恋变故，也就是这么轻描淡写，不缠不余。小伙儿有报国之志，喊着伙伴们一起上路，上路参军——爱国情怀，也就是这么轻描淡写，干脆直接。农忙累啊农活儿苦，可是还有美好的景色伴在左右——稼穑生活，也就是这么轻描淡写……

"老师，古人这么轻描淡写的东西，为什么我们现在读起来怎么这么累呢？"学生问。

"那是因为你没有学会把小事当成大事，也没有学会把大事看平淡，"老关扶了扶眼镜，"最简单的往往最不容易达成，什么时候你们学会了对所有事情都能够轻描淡写，那就算我没白教你们知识。"

我们似懂非懂，木然地看着他在讲台上摇头晃脑。

其实老关并没有完整教我们两年，中间少了一个学期。

日子随着中国历史而流逝，《楚辞》之后，老关却不教我们了。接下来的古代文学课，换了一个讲师来教。年轻讲师充满活力，但就是教学太古板，每节课都做大量的备课，写满黑板的板书。其实知识点和考点也就那些。我们挺心疼他的卖力和认真，而他怕劳烦我们，竟然自己动手，下课擦黑板，上课继续满黑板写。总之，对比之下，在不用迟到就买双份早餐的时候，我们分外怀念起老关满口的"之乎者也"来。

老关以前弹奏古筝曲般的文学史课程，被这个年轻讲师演奏得繁复无比，而在后者条分缕析的笔记、照本宣科的讲解下，汉代到隋代的文明进程，简直跟当兵的人叠的被子一样，被切割得整齐而毫无生气。

如此这般，我们都分外怀念老关的"轻描淡写"，因为说实在的，抄了一个学期的笔记，除了死背啥都没记住。也许这才初步了解，老关所说"最简单的往往最不容易达成"是什么含义。

我们私下打听老关去哪儿了，为啥不教我们了。还没等我们打听清楚，老关回来了，正赶上唐诗宋词的进程。这个好，我们私下欢呼雀跃。

"两情若是久长时，又岂在朝朝暮暮……"照例是他的朗诵表演，上这种课简直是一种享受。然后他侃侃而谈："得失寸心知啊，其实秦观说不在乎两情久长，何尝不是他没办法为之的自嘲啊！能够两情相悦并且白头到老，是一个美好的梦想。"

"不对啊，这不是解读秦观的豁达吗？照您的说法，他一点都不豁达了啊。"学生问。

老关哈哈大笑起来："他豁达？哈哈哈，他非不为也，是不能也。别看课本解说。他要真豁达能看个星星都纠结吗？有过柔情似水的经历，谁都不忍鹊桥归路啊。凡夫俗子，哪能这么轻易逃离执念？"

学生不依不饶："老师，您不轻描淡写了？"

老关脸色陡然一变，我们以为他要发怒。他只是沉默了两秒，说："嗯，你学得好。言之易，行之难，吾概莫能外。今儿废话多了，该下课了……"

那口轮到我们寝室做值日，便留下来收拾一下教室，擦擦黑板扫扫垃圾什么的。

室友几个拿着手机念娱乐八卦：王菲和李亚鹏要结婚了。我在一旁撇撇嘴，哼了一声。拿着茶杯的老关把杯子往讲台一放，突然问："你为什么不关心？"我说："因为不感兴趣。"老关说："那你对谁感兴趣？"我说："赵雅芝。"

老关眼睛一亮："哈哈，我也喜欢她！"我顿时愣了一下，老关继续说，"《上海滩》冯程程嘛，赵雅芝可是我们那时候的梦中情人啊。"

我说："哦，我最喜欢《新白娘子传奇》啊。"

老关一脸不屑："那个片子赵雅芝挺好看，美，但是剧不行啊，二十年后简直是个败笔。"

我怒："为什么？"

老关嘴角挂着一丝我看不明白的笑意，说："二十年后，白素贞从塔里出来，见到许仙，还记得吧？拍得不够好，重逢哪有那么轻描淡写的？"

我说："不就是执手相看泪眼吗？演得特别好啊！"

老关叹气："你还年轻，不要以为会背两句诗，就知道感情是怎么表达了。爱情这玩意儿，复杂着呢……"

几个室友已经准备走了，各个满头黑线地问我："你跟老关有那么多好聊的吗？"

没几天，学院里一个张榜通告，提及前段时间上海的某项学术会议成功举办，有关新出土的战国时期的竹简，经研究可以把历史往前推500年，竹简文学价值考究等，由国内专业领域的知名专家和学者研讨论断，并最终决定送到日本给予修复和保护。会议的顺利举行，要感谢某某、某某等，其中就有老关的名字。张榜公告是为老关的学术贡献提出表扬，奖励两万元。

公告让学院炸开了锅，并且热烈程度在老关所带的我们这一届学生中持续了两个多月的时间。无论是奖金还是学术造诣，都让作为后生的我们对关夫子的成就充满了自豪。这之后每次上课，我们都要调侃他。

"怪不得扔下我们不管了呢，跑上海研究古文字了啊！"

"肯定是你用日文朗诵《诗经》才说服小日本他们提供资金的，对吧？"

"老关请吃饭吧……"

"500年哎，老关我们还要再学500年哪！"

…………

老关本人呢，面对我们的起哄不置可否，一笑了之，仍然坚持他第一堂课的原则，不许迟到，迟到了给他买早餐。

我上网搜关于老关参加的这个学术会议的新闻，搜到老关的一些资料，这才发现他居然是国内学术界的劳斯莱斯！老关出身于文学巨擘之家，祖父毕业于牛津大学，是国内著名的翻译家和外国文学教授，《红楼梦》的英文版本唯其祖父翻译是权威；关父师从王力，是语言学界的翘楚；老关自己的著作也获王力语言学奖……

老关的学识积累每一笔都是浓墨重彩，但他却把他的教书生涯演绎得那么轻描淡写，这让我感到不可思议。

学术风波给我们平淡的大学课程添加了佐料，老关的课程吃起来就格外香，我们也感觉吃得特别快。很快期末了，老关组织考试。我们一点也不怕考试，反而很期待，可与我们的感情南辕北辙的，却是老关。给我们上复习课的时候，他总是漫不经心地看着窗外，拿着杯子喝口水，又把杯子给盖上。我们边看书边窃窃私语，他冷哼一声："言之无物。"

有学生接话："非礼勿听，情话自说。"

老关抬起头看一眼大家："看着你们这些年轻人真好，年轻时，哪知道什么是爱情！"

对于他这种没头没脑的话，我们已经从最初的愕然到现在的习以为常了，然而我心下一紧。因为我没找到答案，只是觉得，消失了一个学期的老关好像变了，却说不上来具体哪里变了。

他就是这么一个人，学识满腹心胸豁达，偶尔迂阔但总体谦和，他活得随性而简单，但你总担心突然有一天那种想也想不到的、令世人咋舌的事情，会跟他有密切牵连，同时，又好像所有的事情发生在他身上，都会觉得情有可原——他骨子里的文人气隐匿着某种忧郁，这忧郁让老关能够包容俗世的纷杂平淡，也能够抗拒俗世的人性桎梏。

古代文学课结业，考试皆大欢喜，这是我们意料之中的事情。按照惯例，最后一节课是老师给大家发成绩单。但老关最后一节课一周前，把我单独叫到学院，说我代替他把成绩单发了算了，他就不去教室跟同学们告别了。大学里，教授带好多学生，也不是每个人每个名字都对得上号，我不知道老关怎么知道我，也不知道为什么非要让我替他上最后一节课。

"怕我们跟你告别把你的两万块奖金吃光了吗？连最后一节课都不去！"我见了他，愤愤不平地说，"难得你还记得我的名字，这就让我跑腿儿啊……"

"不是这个意思！"老关连忙说，"我记得你，不是因为把名字对上号了，而是我记得你也喜欢赵雅芝，英雄所见略同，所以把成绩单给你，让你发给大家，我放心些。"

"迂腐！"我说。

"唉，不是的。我不想跟大家告别，不知道怎么说，而且学院里有些别的事情要忙……"老关眼里划过一丝疲惫，"……嗯，人其实不是一张盖了章子的表格组成，是有喜好和个性的。你们的成绩也不仅仅是成绩单上的分数，生活也不仅仅只有工作教书，爱情也不是两张盖了钢印的结婚证能够捆绑的……"

"老关，你说啥呢？"

"我离婚了，在办手续。"

"你说什么？"

"谢谢你啊，我会请你们的，以后有机会的……"

"你刚说你离婚了啊，老师？"

"没事，我心情不好，不会影响我对学生的打分。"

"老关老师，您刚才说离婚……"我终于惊讶地喊了一句。

他终于抬眼看我，好像刚才我不存在一样："啊，是吗？赵雅芝是不是很美？她原来也离过婚，演《上海滩》的时候。她现在也很美，有些美不是时间能够改变的，时间可以轻描淡写，但是美不会……"

我被他的语无伦次彻底搞崩溃了。我说："我知道赵雅芝，赵雅芝的生平我都会背好吗，比李白杜甫白居易李商隐曹雪芹蒲松龄都背得熟好吗！老关，你能不能把话说清楚？"

"我只是想到了，就跟你说一声，我离婚了……"他悠悠地说了一句，"另外，我不姓关……"

学期结束，老关走了，我们继续大学生活。也有些关于老关婚变的传闻，但流水的日子把我们带到了考研、保研、工作的分水岭。我们的生活自顾不暇，记忆便逐渐把这个传奇老师淡化了。好朋友保送到了复旦，我们约着一起去上海毕业旅行和青春告别，没想到，居然在上海宜家碰到了老关。

老关穿着拉夫劳伦的polo衫，蓝色的，在一片简易的白色橱柜中间，竟然显得有那么点儿风度翩翩，完全没有老夫子的低沉和老感。他不是一个人，他的胳膊挽着一位女士。女士不能用年轻来形容，但是相当优雅，那种优雅并不仅仅取决于她的衣着，而是决定于那种腹有诗书气自华的气质。看着她挽着老关，那周身形成的气场，就是让人感佩，这才是美好的伴侣，这才是生活!

好朋友喊了一声"老关"，老关和女士同时看到了我们。他的眉毛跳了起来："哎呀，是你们啊!"他微微颔首，对我们说："嗯，这是我夫人。"接着又侧身对女士说："这几个是我的学生，W大的。"那个女士向我们点头致意，虽只是匆匆一面，但微笑的面孔让我感到似曾相识的温暖。

老关终究没有食言，要请我们吃饭，算是之前获奖没请客的补偿。也许是分别两年的时间，让我们师生的距离有了弹性和空间，也许是上海的洋气影响了老关，让他没有了那么多迂腐和保守，这次见面吃饭，他变得分外健谈。

"你们怎么来上海了？"

"某某保送复旦了啊，我们来玩，你怎么在上海啊？"

"我就在上海啊，不过不在大学里干了，在私立高中当老师。上海有钱人多，而我知识多，不愁不好活嘛!"

"你当时怎么最后一节课都没去啊？连个再见也不说，不够意思!"

"呵呵，那时候我正在离婚嘛!"

"……"好朋友面面相觑。唯独我，低头不语。

经不住我们几个好话一吹、好酒一敬，老关给我们道出故事的
始末。

在宜家碰到的那个女士，叫钟捷，是老关现在的妻子，也是他的初
恋情人。钟捷比老关小一岁，是老关的邻居，也是文学世家出身，
只不过不如老关家的名气大罢了。青梅竹马，简简单单的故事，没
有波澜。"文革"时候，钟捷的父母因为是日语翻译学者而莫须有
地被牵扯上政治问题，受迫害双双自杀，十岁的她被舅舅带到上海
避难，从此跟老关就断了联系。

老关读大学的时候，跟钟捷在复旦邂逅。小时候那种简单的两小无
猜，历经岁月磨砺，犹如一块璞玉被雕琢成了玉雕，晶莹剔透得耀
眼，而所有的情愫在相遇的那一刻立即找到了可以依托的归属。他
们相爱了。

"年轻好啊，爱情就那么来了……"老关叹口气，"那时候《上海
滩》红着呢，学校里基本都是男的学许文强，女的学冯程程，穿衣
打扮什么都学，那叫时髦，用你们现在的话叫潮。闲暇一起看《上
海滩》，这也算是我和钟捷恋爱中比较浪漫的一项了，不过这也差
不多是我们唯一快乐的时光。年轻时以为，我们就会一直这样在一
起……"

世间所有的"以为"，都不是人们自己"以为"的那样。

大学毕业后，老关的家学渊源让他继续读书深造，家里要送他出国；可是日语专业的钟捷只有留在环境比较开放的上海，才能有更好的发展，而且钟捷的舅舅给她介绍了一个有上海户口的人。

"主要的阻碍还是家庭方面的差异，如果她家里不出事，我们也算是门当户对。但是她家出事后，她一个人在上海长大，基本跟我的家庭定位就比较远了。她性格比较孤僻，又倔，她是一定要靠自己独立才能安心的，个人也希望在日语方面有所建树；而我是家里的长子长孙，我爷爷我伯父我父亲的衣钵，我要继承，另外还要有一大家子人要顾到。大学时候生活简单啊，谈恋爱做学术都可以由着性发挥。但是毕业了，真的考虑到生活了，爱情几乎都快被挤占得没有位子了……"

我蓦然想起，老关在考前最后一节课上说："看着你们这些年轻人真好，年轻时，哪知道什么是爱情！"这话现在理解起来，恍如隔世。

"后来呢？"我们插嘴。

后来，不愿屈服于自我个性和家庭环境的人们，还是屈服于现实，最终各奔东西。分手时候的决绝，让曾经两人一起的美好都那么不值一提。爱情的向往，因为年轻而憧憬得太过美好，反而成了生命成长中最不堪重负的一击。

"我们都喜欢看《上海滩》，但是冯程程和许文强最后是个悲剧，我那时候年轻啊，爱情是个什么，竟然不懂。"老关总是提电视剧情做比，"再后来我就跟W大胡教授的女儿结了婚，跟钟捷再没有联系了，我儿子就是哲学院的一鸣啊，跟你们同级的。"

"哇噻，哲学院学生会主席一鸣啊，唯一一棵院草！"好朋友有人突然叫了一声。

老关哈哈大笑起来，不无自豪地说："那是，我儿子嘛！"

最后一节课我发完成绩单的时候，同学都走了，我发现有个高个子的男生站在教室门口，眼睛红红的。估计是看我像课代表，他就上前问我，为什么没有老师来上课。我说我们老师一周前就把成绩单交给我了，这门课结业了。

他情绪有点儿激动，但看得出在努力克制。他说："我上周去北京参加辩论赛了，回来我妈就跟我说他们离婚了，我爸已经走了。我不相信他会这么不辞而别，这是他最后一节课，他不会对学生不负责，我要堵在教室门口等他，没想到还是晚了一步，连再见都没说过……"

我这才意识到这个男生就是老关的儿子。我忍不住劝道："小关，你爸妈离婚，我们同学都不知道，学院也不想这事情闹开。回头你再给你爸打电话吧。"

男生说："不用了，他选择他的，我选择我的，我不恨他，但我也不爱他了。另外，我不姓关。"

——唉，还真是爷儿俩！

想到这里我突然笑了一下，老关问我笑什么。我让他继续讲他和钟捷的故事。

"命运很奇特，如果你相信命运存在的话。"老关的声音好像突然变得很有磁性，"教你们的第二个学期，春秋竹简出土，我来上海开研讨会。我阔别了二十年的上海啊，变化真大。我还是想去年轻时候熟悉的地方走走，我就去了复旦，去曾经和钟捷约会的校园路散步。而我真没想到，我遇到了钟捷。

"她一个人推着自行车从林荫路走过来，就像从上个世纪走过来，淡雅、高贵、固执、孤独！那一瞬间我就像回到了二十多年前的那次邂逅，我大学第一眼看见她的那种心动，又一次冲击着我！同样的场景、同样的人，隔着时间遥望，我们的脸上都有皱纹，但是我们的脸上，都不约而同挂着熟悉的笑。那时候你就知道，命运如果存在，不管时间和空间，有些事情总是不会变的；就算变，也是变得比你预想的更美好！

"那次重逢后，我们隔三岔五会约着见面。钟捷其实过得并不好，早年生了一个儿子，小时候小儿麻痹智商受损；后来生了一个女儿，婆家又嫌弃。老公不是知识分子，是商人，平日顾不上家里，遑论对妻女贴心照顾了。在上海这个城市，钟捷吃穿住行都不愁，自己也是复旦日语系教授，但体面的生活里总是缺点儿什么。用她自己的话说，这日子太轻描淡写了……"

听到这里我们都心照不宣地哈哈大笑起来，怪不得老关这么喜欢"轻描淡写"这个词儿。老关却矢口否认，解释道：他提倡的"轻描淡写"是激情过后的平淡，是历经波折的安然，是对生命的释然；而钟捷过得不好，她生活里的"轻描淡写"，是寡淡无味，是对生命的消磨。

"关键在于，得知她的情况之后，我再一次深深地感到共鸣。我跟钟捷说，我愿意再活一次。钟捷说她去年就打算离婚，但是婆婆怕分家，一直不同意。我说，离吧，我们一起，我养你。然后我就毅然决定离婚了。"

老关几句话就把离婚解释完了，把沉默留给了我们。好朋友有不平的："这么离婚值得吗？"

老关愣了一愣，说："教授、资历，包括房子、车，我什么都没要，只求离婚。我个人的原因，不怨别人，身外之物，我也不在乎。我能再创造，所以一样可以活得很好，但是，不是每一段爱情都有重逢的缘分。"

"一鸣呢？你儿子你不管了？"我插嘴。

"他是我的儿子，他终会理解我。而且他也长大了，可以让他自己做主，我不会因为我们家庭的传统给他施加任何压力。"老关说。

"哼，非不为也，是不能也！你是自己跟家庭断裂了好吧，说得好像你多豁达！"好朋友依旧愤愤不平。

"别那么偏激嘛。年轻的时候，总有些莫名其妙的理想，这是年轻的可贵，也是年轻的无知。我以前也动辄以继承家里学术传统为己任，其实后来看，这不是把自己看强大了，而是把自己看狭隘了。世间所有的事情，都有自己的运转规律，不会因为你的激进而进步，也不会因为你的阻挠而停滞。人活着，是活一种选择，能够为自己的选择负责任，就很了不起，外界给你的头衔、你奋斗的成就，有时候得看淡。"老关认真地说，"年轻时候，总用客观来逃避自己的内心，就逃避了自己该承担的那部分，其实，哪知道什么是爱情！"

这下子，我们沉默良久。

他去埋单的时候，我们中有人眼睛红红的。吃完饭，老关送我们走了一段，说："毕业了，另番征途需要自己走喽！以后来上海，记得找我。"言语中不无坦荡。

连平时说话都不用文言文了，老关是彻底变了。

这是我第二次来上海，距离第一次来已经有五年的时间了，我还是会想起老关。我给他打电话，居然没有换号。一听是我，他挺意外，电话里他说，正在等钟捷下班，今天是他跟钟捷结婚纪念日，准备晚上去复旦随便吃点儿东西，然后在校园里逛一逛，如果我不介意，就一起。

我顿时感觉很无语："我就不掺和您爱情的重温之旅了吧，我还在上海待几天，改天约。"

他很坚持，说："不行，我一直想让你见见钟捷。"

"为什么啊？"

他呵呵一笑，听声音还有点儿羞赧，说："钟捷长得像赵雅芝，你不想见见吗？"

我扑哧一声笑出声来。

老关语气严肃了："我或许没有许文强帅，但是我比许文强有福气，钟捷就是我眼里的冯程程，永远是！"

我心里一暖，说"好"。

钟捷还是五年前的样子，一点儿也不老。她不拘束、不做作，一边走一边跟我介绍复旦这些年的变化。说到再过两三年就退休了，其实心还在这里。

"钟老师，好羡慕你的生活，如果我到退休年龄时能有您这状态的一半，我就知足了。"

"刚入社会才几年就想到退休了啊，生活没那么恐怖的。就是活个安心自在，另外，有个爱的人，就够了。"钟捷说着，看了一眼身后推着自行车的老关。

"老关总说您长得像赵雅芝，那就是他的冯程程。"

"什么？哪有那么夸张啊？年轻时候追星，玩笑话也跟你讲，真是……"她和蔼地笑了一下，满脸的幸福，"不过，那次离婚真是一个大转折。现在看来，感情还是最值得的！"

"老关说他又在这条路遇见了你，就像遇见了命运一样，又遇见了爱情，所以他就毫不犹豫地离婚了。感情就是这么回事！"

"是吗？"钟捷有些意外地看我一眼，继而莞尔一笑，"你还真是听他那一套，重逢哪有那么轻描淡写！"

这么多年了，我这才恍然大悟。

不 见 蓝 ， 不 想 你

011

南在南方

▶ 南在南方

作家，《幸福》杂志主编。已出版《爱的奇异色》等。

我的方向感一向很差，但在西安我一般是不会迷路的，那里的街东是东、西是西的。可每次和叶南鱼分别时，她总会说，前面是东，有时她也会说靠右首是南，她还是怕我迷路。

叶南鱼的老家在汉中，那里是陕西的江南水乡。那年秋天，她从西安美院毕业后，在东大街上开了一家叫4M的画店。画店很小，支了一张小小的画案，画案上有个笔架，垂了四五支大大小小的笔，还有个笔洗、若干个清瓷碟子。她就站在画案前面，在两尺的宣纸上画花，花是荷花，浓浓淡淡的墨，她画水墨画。我就站在她的旁边，我站了好久，她不说话也不朝我看。

我说："你画的这种荷的藕是九个眼的，这种荷只长在汉中。"她终于抬起头，她有一张明亮的脸，她用紫色的口红。她说："高山流水了。"一笑，一脸的妩媚。我说："你这样有点作秀，就像一个有钱的女人开了一个酒吧，她只是喜欢那种气氛，同时她也好那一口。"她又一笑，说又高山流水了。

她铺了一张纸让我画，我也没客气，就画了一树梅、两只鸟。她问我画的是什么鸟，我说寒号鸟。"哆啰啰，寒风冻死我。"她沉吟一会儿说，"如果你让这两只鸟靠紧点儿就好些，快干死的鱼可以相濡以沫，快冻死的鸟可以靠在一起取暖。"我看着她没说话，门外就是滚滚红尘，而我们在那一刻内心宁静而平和，空气里有点淡淡的墨香。

叶南鱼时常在她的画店里，画画或者卖画，她的画开始买的人并不多，后来她画些虾，齐白石的路子，客户一下就多了起来，主要是海鲜酒楼买去挂在墙上做装饰。于是她认识了一些酒楼的老板，有天她说："走，咱们吃海鲜去。"

我们点了一桌子海鲜，因为酒楼老板说："叶小姐，别客气。"我们点了一瓶干红，吃好了也喝好了。我们准备走，服务员说："先生、小姐，你们还没有埋单呢。"叶南鱼就愣在那里，说："你们老板说了他要请我的客呀。"于是服务员就去找来老板，老板说，叶小姐是贵宾，给打八折。服务员说，一共560块。叶南鱼站在那里，说："我没带钱，你看能不能这样，下次我再给你画几张？"老板哈哈一笑，我赶紧掏钱付了账。

叶南鱼有点不好意思地说："本来说咱们去吃个便宜的，没想让你破费。"我说："你有李白风采，当年李白说，五花马，千金裘，呼儿将出换美酒。"她说："让你见笑了。"

我们走在夜里，天气有点凉，我们的手碰了一下，就那么一握，就扣在一起。我随她走，去了她住的地方。

她住的地方很小，大概只有十平米左右。她忙着用热得快烧水，说是有点好茶。她说，要是冬天就好了，生一盆木炭火，更好说话。我说，冬天马上就要来了。她说，过一段时间她得走，去法国，她舅舅在那边。

她的话一出口，我们都好长时间没有说话。听着水一声一声地响起来。她取出了一套茶具，说是耀州瓷。然后她取出一小包茶，终于说话了："这是从我家屋后的一棵茶树上采的，我奶奶采的。"她沏了茶，茶的香就袅袅地浮起来。

她问我怎么不说话，我笑了一下。我说："我在看墙上那块蓝布。"她说："是土布，手工纺的线，然后在织布机上一梭子过来一梭子过去，我们现在说日月如梭，是说时间过得快，这个梭就是织布用的梭。"她说这布是她奶奶织的，"你知道这布是怎么染的？"我摇了摇头。"是蓝。"她说。

我们开始喝茶，一小口一小口地抿。茶是好茶，齿唇间都有些许芬芳。许久我问她还回来不回来。她说，要回来可能要三五年以后了，因为她想以后就住在那边。巴黎是个好地方，她说。

我们就那样一杯一杯地喝茶，直到夜很深了。她说："我们坐到天亮好不好？"我说不好，我说我得回去了，我说我养了一只小狗，它每天晚上都要等我回的。她笑了说："将来你娶了老婆，肯定会对她好的。"我说，当然，老婆肯定比小狗好。她说："那也不一定，女人有时不如狗。比如你回家晚了，它不会在你身上寻找别的女人的头发和香水的味道，比如狗不会喝得烂醉如泥，它还要你扶它上床，给它醒酒。比如狗不会催你赚钱，一会儿又怕你赚多了钱不要它。"她说得我哈哈大笑，我说我走了，我那只小狗名字叫达尔文。她说，向达尔文问好。

按照我的想法，我想和叶南鱼谈恋爱，可是她要走了，我不想害这种遥天远地的相思，于是我不想表达我的心思。这是我的真实想法，说明我是一个俗不可耐的人。我时常为我的世俗感到羞愧。

我还是不时到叶南鱼的画店去，和她说话，看她画，有时也画上几笔。有天我去看她，她不在店里，帮她看店的小姐说她办签证去了。她终于要走了，那一刻我的心很乱，像是一种什么样的钝器抵在胸口。我无聊地笑了。

我好久没有去看叶南鱼，有一天她给我打传呼说想约我出来谈。我拒绝了，我害怕离别，我说我忙着呢。她说她的小店想一直开着，她说她喜欢有个自己的小店。

那年冬天她走了，走的前一天夜里,她打电话问我能不能送她去上海。我说："南鱼，我不送你，如果你回来,我一定去接你。"第二天西安机场升起的某一架飞机带走了她，第四天我去了她的画店。守店的女孩儿说，她走时留下了房间的钥匙，说是里面有些纸墨我能用得上。我去了，她的房子还是原来的样子。我站在那里，像一个梦一样的。

我的目光再一次停留在那块蓝布上，叶南鱼说那是用蓝染的。蓝是什么呢？我把布从墙上取了下来。我看见了一幅画，照例是水墨画的。

沙滩上两条小鱼的嘴抵在一起，天空中有个大太阳，有两个人蹲在那里看着鱼……画面上有一行字：假如你不吻我。

我仔细地看着画，像明白了叶南鱼。我又看见了一行用铅笔写的字：我一直希望你能明白我的，可是你没有。我一直以为你会取下那块布的，可是你没有。蓝是种染料，是一种叫蓼蓝的植物的汁。

我看了很久，这时叶南鱼已经在法国了。

很多年过去了，我一直没有她的消息。我想，如果我不看蓝色我不会想念她，因此我一直没有去看海。可天空也是蓝色的，就连我在夜晚抽烟打火机的火焰也是蓝色的。没办法，我想念她。

很 好 ， 姑 娘

012

这么远那么近

▶ 这么远那么近

广告人，作家，电台主播。已出版《我知道你没那么坚强》。

我们都觉得这个世界很美好，无论是曾经的雨天，还是喝醉的夜晚；无论是炙热的阳光，还是对峙的脸庞。只是不管在何处，我都不能再和你同行；不管去哪里，我都不会再在你身边。记忆里你依然是多年前的模样，你用力地活着，用力地呼吸，好像要把肺顶穿一样。

分分合合，结识不易。兜兜转转，散场别离。

指鹿为马，错乱记忆。画地为牢，今宵往昔。

1

我认识一位好姑娘，我叫她小忆，现在朋友唤她的真名莎莎。小忆在我的脑海里，是一个文艺女青年的形象，穿着长裙，戴着手镯，齐耳短发，眼睛明亮，站在火车站四处张望，看到我便深深吸一口气，缓缓地说话。

小忆是青春中的女孩子，或者是存在于我青春中的那个人。她是见证，是陪伴，无关爱情，甚至和友情也若即若离，她用力活在刚刚进入社会的那几年，活在我记忆顿点的结束。时间流转过很多年，而她是其中与我有关的最重要的人。

她是我的网友，我们初识在2007年火爆的一个论坛上，那个有着绿色藤蔓植物背景名字叫作寂寞地铁的论坛，长久停留着和我一样深夜无法入睡看似寂寞的人。我在里面看帖子发文章，和形形色色的人交流。某一天，我便认识了她。

曾经我们惊呼："天哪，没有熟悉得这么快吧！"我们只用了一个下午的时间就恨不得赶快见面彻夜长谈，这的确是缘分。熟识的程度快过了我以往交友的速度和认知，她也是如此。我们开始畅聊，开始无话不谈。

我们喜欢王菲，我们喜欢刘若英，我们喜欢杜拉斯，我们喜欢《心是孤独的猎手》，我们有共同的品味和爱好。这对于在外地念书即将步入社会的我们而言，是一件惊喜的事情。我说："我去找你玩儿。"小忆高兴地说："好啊好啊！"

她到天津工作后不久，我便去看她，那是我第一次见网友，紧张得一夜没睡，其实没有任何想法，就是紧张。我坐在座位上不停地出汗，等到火车渐渐驶进站台，我一眼就看到了她，她特意穿了高跟鞋。

下了火车我快步走到她面前，我们彼此尖叫欢呼，我用力抱起她在原地转圈，旁人还以为我们是许久未见的情侣。小忆吓得连声尖叫，几乎用最高分贝喊着："我的亲娘，你快放我下来！"

我一边大笑一边对她说："你好高啊！"她轻轻抿嘴一笑："还好啊。"

在天津时，小忆和我讲了很多关于她工作的事情，宽阔的港口，杳无人烟的大楼，夜晚漆黑的楼道，晚上出去买东西都担惊受怕，自己一个人住，吓得不敢睡觉，任何风吹草动都能惊出一身汗。

我问她："就这样的环境，你还要继续做下去吗？"她点点头："其实也蛮好，可以大桶大桶地吃哈根达斯，还不用花钱，根本爱不释'口'。"

我又好气又好笑："那你就没有理想的工作和城市吗？"她不假思索地说："有啊，我想去上海，我一直都想去那里工作和生活。也想做个优秀的人，可现实告诉我暂时不允许。"

听了她的话我有点难受，忍不住问她："那你现在这样过得好吗？"

她歪着头看我："还好。"

2

2008年我想跳槽到上海发展，小忆也准备去这座她思慕的城市，于是我们一拍即合，她提前两个月到上海，一边找工作一边找房子，而我在北京顺利完成交接后和她会合。我们兴奋地勾勒未来的生活，以为到了那样国际化的大都市，整个人也会成为翱翔的飞鸟，没有束缚地一路高飞。

当我坐着火车到达上海时，这座城市开始了连绵不断的梅雨季，我和小忆相会在那座浩瀚的城市。没错，浩瀚，因为我想不出更好的词语来描绘当时的感觉。我们彼此拥抱、鼓励，要做出一番成绩，要证明自己。

我和小忆去她暂时租住的公寓取行李，公交车行驶了一个多小时，周围建筑渐渐隐去，格外荒凉。我终于按捺不住自己的疑惑问她："你到底住在哪里？怎么这么远？"她笑了笑："就快到啦！"

又过了许久，我们终于下了公交车，在雨中绕过一些平房和垃圾堆，才看到了小忆租的地方，一栋破旧的三层小楼，一块类似红灯区的招牌，上面写着"求职公寓"。

我问小忆："什么是求职公寓？"她说，就是刚毕业的大学生找工作暂时落脚的地方。

我和她走到房间门口，还没开门，就一个只穿着内裤的男生端着饭盆突然冲了出来。我简直不敢相信自己的眼睛，扭头低声地问她："这里是男女混住？你怎么住在这样的地方？"小忆没有说话，只是笑了笑。

走进她的房间，里面是和大学宿舍一样的上下铺，一股霉味扑面而来。屋里有两个女生一个男生，绳子上挂着胸罩和男士内裤，各种鞋子和衣服满地都是。小忆指着她的床位说："行李收拾好了，走吧。"

没有和同屋的人打招呼，我们提着行李走了出来。下楼看到一个房间里有一群男男女女在看电视，各不避嫌地穿着内衣相互推搡。我问小忆："你们之前都相互认识吗？"她没有回答我，拉着我快步离开。

在回去的路上，我再次问她为什么租在这里。她淡淡地告诉我："便宜，一个月500块。"

我心里有点堵，急急地说："那也不能住那儿啊，万一被人占便宜呢？没钱我可以先给你。那你就这么住了两个月？"

她将了将自己的头发，抬头看了我一眼："还好，这不是都搬出来了吗？"

3

在和小忆朝夕相处后我才发现，"还好"是她的口头禅，无论开心或难过的事情，无论遇到怎样的人，她都是用平淡到没有情感的语气说："还好。"我曾经有些发狂地问她："好就好，不好就是不好，什么是还好？"她有点惊讶："还好就是不错啊。"

我说："那就说很好，或者是不错啊，怎么又是还好？"她想了想，认真地回答我："还好就是没那么糟，但也没有到很好那种地步。"

小忆在一家小公司做乙方，跟着老板去见客户，做方案，还要看尽客户脸色，每天回到家都是一身疲惫。看着她辛苦的样子，我说："你不要那么拼，工作是老板的，身体是自己的。"她都摇摇头："没事，我还好。"

我们住在虹口区的赤峰路，小忆在我来之前按照我们共同的要求一次次看房子，最终选择了离我们工作单位距离折中的地点。某天要交房租时，小忆异于平常，支支吾吾地对我说："远近，你能不能先借我点钱？"

直到小忆还钱的时候我才知道，原来她的薪资只有1500块，我们的房子分摊房租一个人900块，还有公共生活费500块，算下来小忆每个月只能剩100块自己支配。我不止一次提议："男生吃得多用得多，你可以不用交生活费，自己留着添置些衣服化妆品，女孩子的花销总归是大些。"她却总是拒绝。

在我的记忆里，小忆真的靠着每月100块零用钱度过了近一年的时光，没有买一件衣服，没有买任何化妆品，甚至连零食都没有。朋友们都心疼地劝她，实在不行就辞职，大不了回家，没什么了不起。小忆每次都一脸坚定地摇头："没事，我还好，能扛得住。"

那一年的圣诞节，我偷偷买好礼物，打印了她的照片，做成影集准备送给她。之前我和她说："你不用送我礼物，我都没有给你准备，出门在外，能省则省。"她点点头说："好的。"

圣诞节的凌晨，我偷偷起床把礼物放在客厅，从圣诞树上扯出一串灯搭在上面。我觉得小忆过得实在辛苦，又有满腹的委屈，可是她从来不对任何人提起，她就这么固执的一个人，我希望她可以活得自在、活得轻松。

第二天我推开自己的房门，看到原本摆放我的礼物的地方，放着一个精致的盒子和一封信，我心想小忆果然还是为我准备了礼物。我打开盒子，看到一枚铂金戒指。小忆在信里说，自己没有多少钱，不知道该送什么，希望我可以喜欢。

我和谁都没有提起过，当我蓬头垢面地站在客厅里，拿着小忆送我的戒指，回想起她一路走来的点点滴滴，自己一个人默默地哭了。

4

我和小忆租住了有近一年的时间，虽然我后来谈了恋爱，但是在这一年里，几乎是和她朝夕相处，与其说相互照顾，不如说是她在照顾我，早晨帮我买早饭，去超市采购，帮我做完饭后还要收拾一片狼藉的厨房，还要忍受我各种的小脾气和近乎挑剔的生活习惯。现在想来，她就像是姐姐一样，陪我度过了步入社会的成长阶段。

上海这座城市节奏太快了，快得让我看不到方向，快得让我心力交瘁，但我看着小忆依然坚毅的脸庞，"放弃"两个字始终说不出口。

后来，因为母亲生病，我终于决定离开上海回家。小忆送我入安检，我拉着她的手沉默无语，她也只是眼睛亮亮地看着我。直到最后，我说："你要好好保重，好好坚持自己的梦想，好好在这里替我生活下去，不要委屈了自己。"

小忆想要拥抱我，最终还是忍住了，只是依然淡淡地说："我还好，你多照顾好自己。"

至此，我和小忆共同的回忆就断在这里，断在没有回头的登机口，断在无法察觉的表情，断在放弃一切的隐忍，断在彼此心结的源头。后来小忆和我开玩笑："你走的时候都没有给我一个拥抱。"我哈哈大笑："那是因为我怕以后没有再拥抱的机会啦！"

我果然说准了，从那以后，我和小忆再也没有拥抱过，我们的生活开始渐行渐远，我不知道她现在过得怎样，不知道她换了什么工作，不知道她遇到了哪些人，不知道她去过什么地方。我们曾经是无话不说的好友，只是时间把距离拉长，我们各自前往了不同的方向。

今年四月底，小忆说要来北京出差，要见面好好聊聊，我高兴地提前推掉了工作，腾出三天时间等她的消息，可之后她说出差太忙，恐怕是没机会再见了。我一边打着哈哈说不要紧，一边忍不住满心的失落。那天晚上，我把这些年遗落下的小忆的微博全部看完了。往日的点滴开始浮上水面，中断的记忆一点点弥补。她过得越来越好，她有了新的朋友，换了更好的工作，考了心理学资格证书，薪资足够养活自己，一年去很多地方旅游。我打心底为她高兴，小忆终于过上了自己想要的生活。

她在微博里这样写——

"一个不小心发现今年是我毕业的第五年。7月20日是到上海的第五年。就是五年前的那个早晨，我拖着箱子孤身一人抵达上海火车站。窝在所谓的求职公寓的多人间里海投简历，顶着烈日奔跑于各大招聘会现场。那些当初觉得艰辛的日子，现在看来一切都值得了。"

"不管爱情，还是友情，终极的目的不是归宿，而是理解和默契。人的一生，能够得到身心统一有始有终可完尽的感情，机会稀少而珍贵。如果有人能够理解你，那么即便与你待在房间里，也会如同在通往世界的道路上旅行。"

"成长，带走的不只是时光，还带走了当初那些不怕失去的勇气。
如果能够穿越回到过去，如果是我，我明了你懂得。"

"生不逢时，爱不逢人，皆是命数。"

现在我才明白，小忆口中的"还好"，其实是自己的期待值，对任
何人、事不带有过分的依赖和期待，也没有过分的要求。她曾经对
我说："我没有什么特别的奢望，就希望可以在这里过一点还好的
生活，就知足了。"

5

五月因为我出新书，在QQ上找小忆要地址，聊了一些无关痛痒的
话后，我问她："工作忙吗？"她说："上半年事情比较多，工作
倒也还好。"我说："我也是，要死要活的。"她说："要死要活
也熬过来了。"我说："是啊，那你什么时候结婚？我还等着喝你
的喜酒呢。"她说："我三年内是不能结婚了。"

我问："为什么？"她说："我爸爸今年三月病逝了，我有重孝。"

那一天北京在下雨，天气难得地凉爽，我目瞪口呆地看着电脑对话
框却出了一身的汗，不知道回复什么，打了一串感叹号过去，问她
怎么不告诉我，她说："太突然了，来不及通知，爸爸就走了。"

小忆的父亲得的是间质性肺病，也就是肺部纤维化，是比癌症还可怕的病症。2013年时就已经查出，小忆说当时她的天都要塌了，她也曾埋怨老天的不公平，痛恨命运的捉弄，但最后只能接受事实，一次次带着父亲来上海看病，一次次安慰母亲和妹妹，整个家庭的重担早已压在了她的身上。

今年三月的时候，父亲突然病重，小忆请假回家后第三天，她的父亲就被送入了重症病房，几乎没有任何有效治疗的方法。她回忆起当时的感受，想到父亲独自一人躺在病床上，一个人在里面一定很害怕吧。

闭上眼睛，我几乎可以凭着当年小忆的模样，想象出她的表情，想着她在半夜的医院里隔着窗户望着父亲的神情，想着她躲在角落痛哭的模样。这么多年过去了，她的性子依然是人前坚强背后隐忍，她甚至在这生离死别最后的关头，替全家做出了一个异常勇敢的决定。

小忆的父亲最后已经是脑死亡的重度昏迷，全凭强力呼吸装置维持，医生说继续这样下去也只是让病人受罪。在经过了家人艰难的商讨和抉择后，小忆代表全家，默默走到自己的父亲面前，亲手拔掉了他的呼吸器。

在小忆对我诉说到这里时，我突然就哭了，哭得很伤心，我无法想象如果这样的事情放在我身上，我该如何选择，我又怎能鼓足这样的勇气。我对小忆说："你真的太勇敢。"

小忆说："就想着是解脱了吧。我爸苦了一辈子，到最后不能再受罪。"

我愚笨地只是反复说"一切都会好起来的，你要好好照顾自己"之类的话。她说："是的，都会好起来的，没有过不去的坎儿。"

我曾经觉得小忆变得更加勇敢和坚强，她好似拥有了百毒不侵的心脏，任何事情都能够果断做出选择。直到后来看到她在父亲病重回家途中写下的话，我才恍然大悟，在这抉择的背后，她承受了多么大的纠结和痛苦，以及旁人无法感同身受的悲伤。她写道："离家近十年，虽然知道一定有一天会以这种心情回家，可想不到这一天会来得那么早，真的太早了。"

在那天对话的最后，我说："总之，你一定要好好的，一定要，你答应我。"

她说："嗯，我很好。"

6

在和小忆聊天后的那个深夜，我辗转反侧无法入睡，后来我给她写了一封信——

小忆，我曾经给你写过几封信，大致内容已经忘记，但有一句话印象深刻，我写"以后也就你我相称吧"，从那以后你就再也没有叫过我远近了，你好倔强，我也是。往事如梦，岁月如梦，一切回想起来，都好像是一场梦。

我必须谢谢你，在最初进入社会的日子里，你见证了我最荒唐的时刻，也容忍了我的幼稚和青涩，我们都长大了，不管谁来到谁的身边，或是远离，曾经的那些日子，终究变成了岁月里的便笺，粘贴在了生命可有可无的角落里。

那些看似不堪一击的时光，都是你我最真的时刻，是我觉得最好的日子，而在那些已成云烟的过往里，曾经闪烁着你的影子，这对我来说，是一件值得高兴和庆幸的事情。我曾经对你说，你是我最重要的女性朋友，到如今，也是如此。

我们的生活不出所料地彼此远离了，你我世界的交集点也越来越少，我们各自有了不同的人生、不同的道路。日后再相见，恐怕只能凭借曾经的共同记忆，来缩小彼此之间的鸿沟，但我依然会如多年前初次见你那样，激动地拥抱你，原地转一个圈。

时间总是残忍的，这不是你我的错，也不由你我控制，这条道路不会一眼望到头，恰如我们曾经共同许下的梦想，都已经和现实混为一谈，时间过去，我们终将会成为和曾经不一样的人。

世事如常，人情如常，我于你而言，只是一个逗号，你于我也是如此。我们不会永远停留在过去，靠着可怜的记忆生活；我们也不会停留在老地方，共同走过剩余的道路。你已经有你的生活，我只是回望者。

小忆，我希望你可以过得好，你会成长为更加美丽的人，你会有美满的家庭，你会有可爱的孩子。你会告诉他，曾经在你年少时，有一个叔叔，写着文章唱着歌，嘀嘀嗒嗒，就这么来了。可是，我多想站在你的面前，听你淡淡说一句：还好。

只是我也知道，你早已不是还好姑娘。那天，你最后对我说，我很好。

很好，姑娘。

不 会 吵 架 的 爱 情

013

刘墨闻

▶ 刘墨闻

设计师，青年作者。已出版《我在最温暖的地方等你》。

"秋生啊，干啥呢？"

梅姐知道秋生哥听不见，可还是习惯性地在二楼朝着楼下喊。

秋生哥是先天性聋哑，所以任何声音在他耳边都只是嗡嗡的回响，无法辨别。

他们俩是我家老房子楼里的邻居，从小我们就在一起玩。秋生家在一楼的门市经营一个修车行，我家三楼，梅姐家二楼。秋生哥的爸爸是先天性聋哑，妈妈是正常人，生了两个孩子，一个是秋生哥、一个是正常的妹妹。

以前在家的时候，没事也能听见梅姐这么喊。秋生哥虽然听不见，但是车行里的伙计们能听见，几个人推着秋生哥出来，带着满脸连环画一样的油漆泥子，秋生仰着头看梅姐，傻傻地笑。

梅姐妈妈是个小学老师，父亲是长途货车司机，车有问题都是找秋生爸帮着修理，都是邻居，自小梅姐就和秋生一起玩，多年下来两家关系好得跟一家人似的。

秋生从小一直上特殊学校，后来干脆不念了，在家里帮忙打杂儿，学学修车的手艺。梅姐不喜欢读书，偏偏梅妈是老师，这老师自己的孩子学习不行，当妈的脸上哪有光啊？两天一骂、三天一打都是常事。我在楼上总能听见梅妈训斥梅姐的声音，那时我常伴着梅姐的哭声，带着感恩的目光看我妈。

在一个世俗得不能再世俗的市井小区里，不念书的孩子和不好好念书的孩子更容易成为话题，成为亲戚邻居们的众矢之的。

上了初中以后，梅妈变得更加严厉，除了上学，平时很少让梅姐出门。偶尔遇见她，也总是一副没精打采的样子。
突然有一天傍晚，我听见楼下人声鼎沸，尖叫连连。我趴窗一看，吓了一跳。梅姐坐在阳台上，把双脚放在外面，像是要跳楼。梅爸梅妈的声音从屋里传出来，像是想过去还不敢过去，一边劝阻一边保证不再逼她读书了。梅姐似乎全都没听见，也不打算改变主意，用力地撕着手里的一本书。

这时候秋生从车行里冲了出来，挤在人群里用力地挥手，让梅姐回去，梅姐看见秋生一愣，也没打算回去。秋生憋红了一张脸，着急地又跳又喊，啊啊啊的一声声，像是病痛一样的呻吟，撕心裂肺，撩人心扉。

二楼其实不算高，但摔下来最轻也是骨折，姿势不对的话，搞不好还会半残。

梅姐似乎并不担心这些，还是直直地看着秋生，手上的书掉了下来。啪，纷飞的纸片像是散开的一朵红花，炸得人全身一哆嗦。

这时秋生一下愣住了，过分焦急的他硬是被那本书吓哭了，一边哭喊一边张开双臂，迎着梅姐的落点像是要准备接住她。

梅姐看见秋生哥哭了，前后摇了摇，频频地点头，不知道想要表达什么。趁着这个间隙，梅爸一下冲了上来，抱住了梅姐，把她从阳台上硬拽了下来。梅姐躺在爸爸怀里仰起脸的一刹那，我看见她和秋生哭得一样伤心。像是不被世界理解的两个人，隔着空气取得了彼此的理解和信任。

从那以后，闲着无聊的时候，梅姐就喜欢在楼上朝着楼下喊："秋生啊，干啥呢？"

尽管她知道，秋生什么也听不见。

梅爸梅妈也不再逼梅姐读书上学，那段自我治愈的时间里，她只和秋生在一起，两个人去公园散散步，骑自行车，形影不离。我们总能在放学的时候遇见他们俩你追我赶，还是年少时节该有的样子。

再后来梅姐去念了护士学校，秋生继续在家里帮忙做生意。那时候还没有微博、朋友圈这些东西，我经常会在梅姐的QQ空间里看见秋生哥的照片，有工作时候的样子，有吃饭时候的样子。谁都不知道他们俩什么时候确定的关系，是不是秋生一直就喜欢梅姐？是不是那隔空一抱让梅姐动了情？无论怎样，在一场彼此搭救的故事里，爱情的出现似乎是顺理成章的事。

那一年冬天梅姐毕业，还没有合适的工作，于是在家待业。有时候我会撞见梅姐下楼，手里拎着个香气四溢的饭盒和保温瓶，踉踉跄跄地下楼去找秋生哥。东北的冬天零下二三十摄氏度，梅姐先用白醋帮他洗手，去掉干活时遗留下来的老茧和生冻疮的死皮，然后两个人坐在车行的小开间里，吃午饭，看一会儿电视剧。就这样，两个人平平淡淡地相互依偎着，长跑了很多年。

大学时有一次过年，我去找秋生哥吃烤串儿。那时候梅姐刚调到一个卫生站当护士，卫生站离家远，我和秋生哥一起去接梅姐下班。刚进卫生站就看见梅姐在前台值班，一只手按着电脑，一只手拿着手机打电话，和朋友眉飞色舞地聊着什么。

看见我和秋生哥过来，她挑了挑眉毛和我打招呼，我挥了挥手，她似乎根本没看见秋生哥，和我打完招呼继续自顾自地打电话。而秋生哥就这么走过去，熟练地把她桌面上的东西整理好，把她常用的东西收进手包。再帮她把白袍换下，披上羽绒服，拉上拉锁，围好围巾，牵着她从工作间里走出来。

这期间，梅姐一直在打电话，我看见秋生哥的轻车熟路和她的心安理得，突然特别感动。

我忽然明白，他们早就把自己活进了对方的习惯里，真正地成了彼此的一部分。

虽然在一起这么长时间了，你没有给过我玫瑰花和浪漫的烛光晚餐，可是我们活得像一个人一样，记得对方的生活细节，了解彼此的怪癖习惯，给对方的爱既不可或缺，又习以为常，表达的方式虽然简单，但爱的分量丝毫不减。

在与对方共同生活当中，我们把自己对爱人的感情与疼爱，用最朴素的生活能力沉着冷静地表达出来，这也许就是大家追求的平淡吧。

当爱情过了保鲜没了激情，那促使我们继续依偎前行的，恐怕就是这份默契了。

吃烤串儿的时候，趁着梅姐去厕所的间隙，我问秋生哥打算啥时候娶梅姐。

秋生哥吧嗒吧嗒嘴，比画着想转移话题，我不依，硬着问。

秋生哥比画说他怕，我问怕什么，他说怕以后结婚了，孩子也像他一样。

我没追着聊，两人安静了一会儿，我顺手拿手机查了一下遗传的问题，告诉他只要女方不是聋哑，并且女方家里人没有这种病史的话就没事，可以放心结婚，不是外因导致，孩子几乎可以确定是正常的。

他比画着问我："网上的那些话能信吗？"

我说："要不你跟我去趟医院嘛，大夫的话你信不信？"

秋生哥还是满脸疑虑，摆了摆手，继续吃串儿，心里不知道盘算着什么。

梅姐回来，我不好多说什么。

秋生哥给梅姐加了一点调料，我们就当什么都没说过继续吃着。

第二天，秋生哥和梅姐去了一趟医院，随后给我发了一条短信：谢谢。

我回了两个字：加油。

一个月后两个人领证，半年后，秋生哥和梅姐大婚。

办喜酒那一天，秋生哥的嘴咧到了耳朵根。那天他喝酒特别痛快，只要有人敬他就喝，有时候没人敬，自己一边傻笑一边喝。

客人都走得差不多了，他一屁股坐在我身边，喘着粗气。

我大声问他："高兴不？"

他鸡啄米一样地点头。

我逗他说："你们俩结婚证都领那么久了，才反应过来高兴啊？"

秋生掏出手机，开始在手机上按字，他一边按我一边看。

他说："有一样东西啊，你从来都不觉得它是你的，即使它每天都在你身边，你也觉得这东西是借的，是迟早要还的，自己也提醒自己，配不上这么好的东西。可有一天，别人告诉你，它是你的了，也不知道要咋个高兴才好。"

我鼻子一酸，他继续按。

"以前她对我好的时候，我就想以后她会嫁个啥样的人，要是对她不好该咋办。我还总觉着，别人也许不太看好我俩。今天这么多人祝福我俩，我才真的觉着，她是我媳妇了，长这么大，今天才真正地感觉到，自己是真切地活着。"

两个喝得面红耳赤的男人，紧握着一部手机，指着对方发红的眼睛，互相拥抱，彼此嘲笑。

有一样东西啊，你握在手里也不觉得它真实，你认为总有一天它会离你而去，因为你并不相信你自己能有给她幸福的能力。老天爷和你开过一个玩笑，好在他派了这么一个人，给你这么一场梦。秋生以为梦终究会醒，但好在这场梦，我们可以一直睡到头。

去年过年放假，去探望秋生哥和已经怀孕的梅姐。我到他家楼下的时候，正好撞见秋生哥买菜回来，比画着说是要给梅姐熬粥喝。

梅姐妊娠反应特别严重，闻见吃的就吐，什么也咽不下，熬点粥勉强能喝一点，但是这粥再好喝也有喝腻的时候。秋生哥急得没招儿，全家人一起想辙，南北稀饭、中西名粥，翻过来掉过去不重样地做。

孕期综合征的女人不好惹，刚见面梅姐就拽着我话东家长聊西家短，把两人婚后生活里的嬉笑怒骂从头到尾唠叨了一遍。

其实有些事我也好奇，先天条件不允许，他们两口子没办法吵架，但是过日子哪有碗沿不碰锅边的时候？我逗梅姐："你们平时闹别扭不？"

梅姐打开话匣子一样娓娓倾诉。秋生哥看得懂唇语，梅姐也能看得懂手语，这么多年过来了，两人交流起来根本没有障碍，可是一旦闹了别扭要吵架，他们就各自使用自己的"母语"，自顾自地表达。

秋生哥太老实，平时很少和别人聊天，怎么可能"吵"得过梅姐？

有时候两人杠上自己没词儿了，秋生哥就乱比画一通，梅姐看不懂，就问比画的是什么意思，秋生哥就是不告诉她，看梅姐急得团团转，心里暗爽。后来两人和好了才知道，秋生哥那一套莫名其妙的"张牙舞爪"，其实就是胡说八道。

梅姐自然也就学会了，有时候故意找碴儿说些乱七八糟的话，搞得秋生哥满头雾水，更多时候都是梅姐笑场，吵着吵着自己憋不住笑，笑得花枝乱颤最后瘫倒在秋生哥怀里。尔后的许多次"吵架"，都从怒目而视开始，以打情骂俏结束。

梅姐说："连吵个架都这么喜感，这日子可怎么过啊？"

在家没事的时候，梅姐还是会像很多年前一样喊："秋生啊，干啥呢？"

我好奇地问梅姐："这么多年了，明知道秋生哥听不见，为什么还是喜欢这样叫？"

梅姐摸摸肚子，笑开了一朵花，说："过日子吧就是问题叠着问题，一个坑接着一个坑。人刚从自己的坑里爬出来，就得进孩子这个坑，孩子这个坑也爬得差不多了，父母又到岁数了。好在坑再深，你都知道坑底下有这么一个人，他张开双手在坑底下等着接你，所以坑再深你也不怕，我喊一声他，就是喊我这一生的踏实啊。"

我从他们家走的时候，梅姐还是吐，秋生哥一边用袋子接着一边给梅姐擦嘴，顶着大大的黑眼圈，一点也不敢怠慢。

回家的那一路，我都觉得很幸福。

你看，生活很难，每一件值得期待的事情过后，都要回归到现实里的柴米油盐。

岁月面前，人人从命。但我知道你会在一次次翻山越岭的马失前蹄中，将我接住。

前路虽远，还好有你总是张开双臂护着我，给我穿衣，陪我取暖。

后来听梅姐报喜，她生了个大胖小子，眼睛大得像灯泡，头发多得像野草。从此，梅姐的朋友圈里全是秋小生的吃喝拉撒。

今年我家又搬了，过年放假我们全家一直待在姑姑那儿，也没见到秋生哥和梅姐。

前几天下班的时候，我坐在回家的地铁里百无聊赖地听音乐，秋生哥突然打电话过来，我诧异得很，平时有事都是发短信，以为是他按错了，可还是按了接听。自己捂住另外一边耳朵，尽量屏蔽掉旁边熙熙攘攘的嘈杂，努力辨认着手机那一端的声音。开始一直没有人吭声，隐隐约约听见了梅姐在说话，却听不清是什么。

就在我以为是秋生哥拨错了要挂断的时候，一个娇滴滴奶声奶气的声音叫道："麻麻（妈妈），麻麻……"

一瞬间像是被什么东西击中了一样，在充满疲惫与麻木的荒芜列车上，我无法抑制地哭出声来。

分 手 之 后 我 们 还 会
发 生 什 么

014

温凯尔

▶ 温凯尔

自由职业，九零后写作者。

1

那日西城给我介绍女孩子，下班以后冲进办公室匆匆催我。我还没来得及梳理一下凌乱的头发，便跟着走了，疲惫的工作状态总是让人感到自己模样狼狈。他在挤满了人的电梯里对我抱怨公司的打卡制度，我没有搭理他。电梯里除了有位女士因讯号不好对着电话喊"喂喂喂"，其余人都不做声。

我们前去一家咖啡馆，只一个巴士站的距离，不远不近，也难挤上去，于是边说边走。西城说女孩是她中学时的同学，我其实本无意要去相识，只是西城的热衷程度令我担忧，也就不推了。不管好坏，只当认识新的朋友，喝杯东西就散罢。问起那女孩的大概模样，他却总是笑着说，看了你就知道了，会是你喜欢的类型。

他之所以这么说，原是这女孩跟我前任女友长得像。

"你好，我叫Kila。"

她留着最简单朴素的长发，但看起来像是在美发沙龙做过柔顺。大眼小嘴，说不上精致，却也看起来舒适。我心里不得一惊，确实与我前女友长得有几许相似。

"Kila，他就是倪存。"

"倪先生你好。"

"叫我阿存就好。"

Kila原跟西城是同学，中学读到一半便飞去英国，后来考上了伦敦大学玛丽皇后学院，学习管理与组织创新，听起来很有架势。跟大多数海归一样，回国既让她可以亲见父母，经历也较有优势，现任外企高管。我不仅身份卑微，样貌也不出众，更无出国经历，论谈资，我哪里能配得上她。可她却与我前女友这般相似，让我对她有好感，也亲切。Kila会聊天，也会装扮，懂得修饰自己短处，说话有分寸，并不是招摇过市的人。事实上从各个方面来讲，她已很优秀了，但就差那么一点。我不知她缺了什么，也许也正因她过分好，让我有点觉知彼此隔得太远，只不过从她淡淡的口吻中似乎没在意背景与外在的条件。

原本便没有打算共进晚餐，Kila约了晚上八点与旧老友聚会，故抽出时间与我见面。自然是懂得礼仪与常情之人，言行举止恰到好处。不管她对我印象如何，想必会在接下来的晚餐中与他人谈起这等相亲的事吧？如果这算是相亲的话。那她定会描摹起我这拙样来了，也许会说"对方是个一脸正气的人"，或类似"可能就是周末下楼买菜会遇见的居家男吧"以此来弱化对方的相貌平平。

七点一刻，便要散了，彼此留了电话号码。Kila走后留下一股清淡的香水，旋即又被店里浓郁的咖啡覆去。我刚站起身，西城一把按下我。

"怎么，还不走。"

"怎么样？"

"什么怎么样？"

"Kila啊，这么好的女孩子。"

"她很好，我没多想。"

"我觉得她对你印象不错。"

西城一副胸有成竹的样子，看起来有些好笑。他平日在公司就是个大咧之人，总有奇奇怪怪的碎碎念。

"你怎么忽然要介绍她给我认识？"

"唔？不觉得你们很合适吗？"

"是因为她跟汀文长得像？"

他迟疑了几秒，才作答道，"并不是……"

"你不喜欢Kila？"

"我？真的，不来电。但她这么好，你又跟汀文分开那么久了，不是正好吗？"

我不知如何回应才好，面前的咖啡仍有一半，瓷杯边缘有咖啡渍。那两块方糖还在碟子上没有动过，看起来孤单单的，是我一直忘了放糖。我想起汀文来。

"走啦，我饿了，去对面那家饭店怎么样？"西城见我不作声，站起来伸了一个懒腰。

2

翌日回到公司，在茶水间换茶包时碰见西城。

"早。"

"不管咖啡与茶，仍然不能缓解工作的烦恼啊。"

"还真是啊……怎么样？想好了吗？"

"想什么？"

"你跟Kila的事啊，如果你喜欢，我很愿意帮你撮合。"

"还是算了吧。"

"怎么会有人都不着急自己，单身快两年啦！你看看你，当上经理就忘了自己的事了。"

"你眼里还有我这个经理？"

西城笑笑，"又不同部门。"

我们公司的规模很小，是个旅游公司，主营国内线路。国外也有，但少一些。公司成立至今算是很年轻。我原与西城同在市场部，后来策划部缺人了，当时我正有此意申请调部门，于是也便做起了旅游策划。便是那阵子与汀文熟识起来，再到相恋。加上西城，他们两个算是这公司里跟我关系较好的。只是后来分开，汀文便也少跟我来往。分手以后我也只好把精力集中于工作，原先的经理辞职后，内部晋升便选了我，一直到如今，也有两年了。

"以后再说罢，我们不是也交换号码了。"我说。

"那你也该多跟人家联系，如果Kila没有那个意思，自然会婉转告诉你。"

"好啦好啦，准备工作了。"

3

快要午餐的时候，汀文进来找我，问我能不能帮个忙，原是想让我帮她报旅游一事。因按等级之分，内部员工如果报公司的旅游路线也跟着职位高低而有不同优惠。

"就两个名额，我报的话就没那么多的折扣了，你帮我一下吧。"

"当然没问题……你先坐坐。"

汀文关紧玻璃门，却也不坐下来，在窗边倚靠着。她还是那副任性的模样，若多看她几眼，我都能想起跟她相恋的快乐时光，即使她性子不好，我也那么容忍着过来，那时候的爱情可以让人有很大的勇气去说服自己"只要闯过一个困难感情也许会变得更牢固"。不过事情已过两年，也难为我们共处一间公司。

"是杭州的路线，那个双飞的六天C团。"汀文说。

"A团不去？"

"A团现在缩短至四天了。"

"我都忘了，近来这几个都有点冷门。那你是要请假的咯？"

"你申请好了再告诉我吧，假期再定。"

"跟谁去？"

她停顿着没说话，我便也发觉自己开口太快。

"不好意思。"我说。

往后她又问我要不要叫快餐，我说不用了，她点点头道别就走了。其实她最近的工作并不是那么理想，好几次都想找她谈话，却又怕让其他人感到我的偏心。偶尔有机会两人单独见了，然又不知从何开口。电话上也想过打给她，但我们之间好久未在电话联络过。那日翻开手提电话，她的号码仍保存着"老婆"二字，连我自己也惊讶，竟忘了改。

4

我没有约Kila出来，她也无主动谈些什么，更猜不出有没有暗示
我。只有一次问她最近过得好不好，她说不错，不如找个时间出去
吃饭。我没多想，答应了。原来的日子挺平静的，只是Kila的样子
让我忍不住想起汀文。我每日在公司见到她也没觉得有问题，Kila
出现后，我反而不太敢直面汀文了。好似心口原本化整为零的东
西，贸贸然复又堆积起来。

5

人事部与财务部都已请示了，帮汀文申请的杭州C团很快便批复下
来。公司生意冷淡，也不知销售部的人都在干什么。我看了一下批
复文件，才想起C团是汀文自己策划的。两年前我曾承诺过她一同
去杭州，她还说由她来规划这线路，不过那时已临近分手。我当上
经理没多久，汀文便将杭州C团的旅游策划案交给我了。我对她的
线路并不大满意，热点地方不过也是西湖、龙门古镇、桐庐与飞来
峰，往后又加了漂流以及温泉，个中有很多景点之间的距离不太连
贯，六天的时间也不太够。她拿回去修改时只是换了一下游玩的顺
序，减少了机场附近的一个萧山景点而已。但我对她却又格外软，

便也批复了上报。下午我把文件交给汀文了，她道声感谢，表情有些失落。我因有会议，也没跟她相谈太多便离开了。等到我开会回来已是晚上七时，桌面有一份假期申请表，是汀文的。她还写了一张便签，说都填好了，就剩部门经理签个名。C团在明天刚好有一个团出发，原来她早已跟人事报了日期。

我心中有点失落，好笑的是竟然觉得她从此离我远去似的，而我也不知杭州离我有多远。办公室一个人也没有，冷冷清清的只有空调味。

6

晚餐时整个人都没精神，也似乎后悔认识了Kila，牵连起了回忆。只是我们也聊了很多，让我有些受宠若惊。我原没什么话题能跟她搭上，也被她牵着走，是她见多识广。此后又一直走走停停，从餐厅到商场，再到喷泉广场。十二点时，还因她有朋友在酒吧里，又带着我去见了她的朋友，个个热情活泼，让我感到窘迫。自然，深夜里两人都有些醉意，住进了酒店。她去洗澡的时候，我才看到汀文给我发过一则简讯，那名字仍然是"老婆"二字，我心中一阵难受。她说：小存，放你桌面的假期申请有没有签字？我明天出发了。

我没有回复，心中愈发感到落寞，喝了酒更觉得慌，却忽然十分想跟着汀文去杭州，实现一次承诺，同去她亲手策划的路线。

看了看时间已两点多了，Kila在浴室洗了好久。我想着也许西城没有睡下，给他打了个电话。

"怎么这么晚？"他说话有些痴，好像已经睡着了被我吵醒。

"吵醒你了？"

"唔，明天要早醒，怎么啦？这么晚有急事？"

"你明天早醒去哪？"

"哦，忘了跟你说，我去杭州……"

西城的话让我感到十分意外，正诧异着，Kila裸着身子走出来，慢慢爬到我身上。而我的心思不知飞到哪儿去了，迷蒙中看见西城与汀文牵手踏步在杭州的各个景点上，代替了我的位置。只是心里又想，这世上哪有人愿意成为代替，只不过是换了一份爱罢了。

饕　餮

015

Levin-FENG

▶ Levin-FENG

编剧，插画师。

我口吃，他们都叫我口吃仔，但是我的心里话并不口吃。

我一顿能吃八杯米，老母说我有两个胃。有一次我在汉堡店吃五斤重的免单汉堡，认识了阿华。后来我每周二去她工作的超市找她。我会问"去……去……去哪里？"，阿华简单地回答一句"佐敦道"。她发现了全港好多免单餐厅，快餐的、日式的，我赢到了奖金奖券，阿华就会很开心。看到她开心，我也好开心。

老母说我有两个胃，一个是我的，一个是死鬼老豆的。十五碗盖饭或者十七碗拉面，用文字去形容的话，我会说食物被我的口舌挤进食道里，又好像被心脏泵进胃里，被肺压到大肠里，事实上我就只是在吃，像个傻瓜一样，像个疯子一样。主持人怂恿观众们呐喊："哇，太厉害了！太了不起了！"急救医生在一旁打着哈欠、抄着手看，而观众们觉得我真的好厉害，半分钟吃完一碗米饭，二十几秒就能吃完一碗面，滚烫的高汤，难咀嚼的牛筋，吃完的空碗堆成一摞，倾斜了，摔碎了好几个。他们都不是我的对手，但是打败对手之后，围观猎奇的人群总会散去。大汗，顺着留下来的大汗，穿过我精瘦的胸膛。或许我真的是饿死鬼上身，饿死街头的老豆，在十一二月的寒风中上了我的身。

一室一厅的楼，没有电梯，白绿相间的小方格子地砖，客厅靠墙是简易老旧的折叠餐桌，配两张圆凳，老豆的遗像被老母挂在墙上，日日都要进香。老母超过200磅之后就再也没有称过体重，也没有下过楼。牌友来找她打牌，他们占着饭桌，抽老烟喝浓茶，我就在茶几上吃饭，而他们和老母一样，早就不稀奇我的饭量。她需要什么我会去帮她买，也帮她的牌友买，许伯要菠萝包，兰姨要虾饺，和胜叔要蟹粉粥，热气腾腾的，熏蒸着他们的秃头和烫发，从麻将桌的四个边角上飘散。

"啊，口吃仔真厉害，既吃得又做得。"

"他做得个鬼！"老母说奖金要存起来，不要被阿华骗走了，大比赛的也好，小餐馆的也好，阿华没安好心。我知道老母是心疼我，我跟老母说："老母，你放……放……放心。存够了钱，我……我……我做正经事。"

"正经？你除了吃还会什么？还不是只能去铺头打工，和超市的狐狸精混在一起？"老母帮我存住钱，以后换大屋住。

英皇道上的魔鬼牛排，四公斤，杂志上写吃完送现金，后来才知道
只能得打折券。阿华皱了皱眉，说不吃好了。但我还是拉着她走了
进去。世界真的很现实，如果你没有一技之长，那么高档餐厅里衣
着时髦的客人，就永远不会向你投来惊喜的目光。
但阿华那天总是高兴不起来。最后她说："不要吃了，像猪一
样……"

不要像猪一样。原来，"品尝"并不是小人物有资格去做的事情。
餐厅里的食客拍下我的照片，转身发到各自的社交网络上去，却没
有人看得到我之后难受的样子。老母每天仍旧打牌。晚上她坐在昏
暗的灯光下，用水瓢一次次地舀水出来洗澡。水声哗哗地在我身后
响起，冲洗着我努力逃避、不愿看到的赘肉。我不敢再去找阿华，
怕她再一次一不留神的话，戳穿我的气馁。直到有天看报，大胃王
比赛，头奖三十万。

我给阿华发短信，她不回。我有时候在想，会不会因为我自己口
吃，所以人们看我的短信的时候，也觉得那是一副断断续续、傻乎
乎的样子呢？

阿华住在好几条街外，她不愿与人同租，所以越发住得狭小。她洗完澡一开门，蒸汽喷涌而出，但厕所的对面就是厨房，或者说门一打开即为厨房，拉通不到三米。蒸汽似乎被狭窄的空间吓了一跳，从厨房里不情愿地挤来挤去，最后大家被挤到放了张床的客厅里，消散开去。早晚饭菜的油烟与沐浴的热气都被墙体吸取、消化，泛出层层叠叠的霉菌来。我坐在沙发上，沙发就是阿华的床。我瞧着那些霉菌，不一会儿就瞧完了。

吊带背心贴着皮肤，阿华刚刚擦干的身体马上又大汗淋漓。她把毛巾围在脖子上，去饭桌上撕了两节卷纸，利落地把浴室里面的头发抓出来，转身丢进垃圾桶里。打开燃气灶，看了看锅里的方便面，她坐下来，就坐在马桶上，正对着燃气灶，火苗一飘一飘的，然后开口问我什么事。窗外面太阳好毒，电线缠绕着晾衣杆，半死不活的植物上积满了灰尘，连灰尘都被暴晒得发白；刚刚晾上去的内裤断断续续地滴着水，断断续续的，就像我。燥热的燃气加之还没有散去的蒸汽烘着我，但是我不想坐到窗边去，就算坐到窗边，也只不过宽敞了一点点。

阿华说赢了三十万的话千万不要给老母，要我们自己租层楼，千万不要给老母。我问她："为……为……为什么？"

"给你老母也只会输光。你要是中意我，我们就搬出来自己住。"

"我老母也是帮……帮……帮我们存着呀。"

"你老母、你老母，你只知道你老母，到时候三十万拿不出就分手。"

我答应她，拿到头奖就回去求老母。

填表，报名，体检。医生冷漠的听筒在我的身体上点来点去，同样漠然地问我叫什么名字。"林……林，林贵宗。"

比赛当天在维港，海风呼呼地吹，老母同阿华都没来。老母还是不下楼，阿华要上班。比赛时间一个钟头，谁吃下的云吞面最多，谁就赢。鸣锣，开始。

"唔……唔……唔该，再来一碗。"口吃会影响我的节奏，一碗、两碗、三碗……

比赛的面并不好吃，很咸，我老是想去拿水喝。观众还有无意路过的游客们，觉得没劲的人看两眼就走了，觉得有趣的人掏出手机不停地拍。我去拿水喝，只能喝一点点，润润喉咙而已，吃到第十碗的时候再喝一点点。

"再来一碗！"

"哇！五号选手好厉害！已经开始吃第十一碗了！"

隔座的大胃王速度好快。

比赛过去了一大半，我开始吃第十五碗。

十六、十七……

我的速度开始变慢，咀嚼开始觉得艰难，脸色也变得难看。主持人跑来问我："七号选手看上去不是很舒服，没关系吗？"

"没……没关系。"

"不要太勉强啊。"

"唔……唔……唔该，再来一碗……"

"这么厉害！再来看看这边，五号选手，啊！五号选手开始吃第二十碗了！"

但是我吃不动了，我停下筷子了。主持人又跑到我面前，问要不要医生、要不要停止。我没理他，我想缓缓，缓缓可能会有用。还有最后十分钟。

"还有最后十分钟，有些选手选择了停下，是不是要休息一下准备冲刺的策略呢？"

或许是吧，如果我有那么聪明的话。

还有七分钟，我仍倚靠着桌子没有动。汗水开始受冷。

还有四分钟，我仍旧动不了。勉强绷着一张杀气的脸，亦是傻气亦是痛苦。

…………

到了最后，结束的锣敲响的时候，我还是没能再拿起筷子。十九碗，这就是我的胃的极限了。

志愿者搀扶我起来，走到后台，三十万头奖给了吃掉二十三碗的大
胃王。我定了定神，走了两步，扯下身上的编号，一旁的路人惊叹
道："他们吃完跟没事人一样。"我想："没事人？狗屁。"

我回到家，我想问老母要钱，以前的积蓄有多少我不知道，或许只
有两三万。但是我只想改变，我想和阿华一起。

"你没有拿奖，反倒过来问我要钱？！"

老母大怒，老肉纵横，从沙发上腾起，电视都不顾上关，抄起桌上
的报纸，四处乱打，啪啪作响。

"我……我……我想同阿……阿华……"

"阿华？！你个衰鬼！自己没本事反过来啃你老母！"

"我……我……我不会要很多，三四万，就……就……可以
了……"

"一分钱不给！"

"老母，不……不……不要这样。我只想，同……同阿华一
起……"

"你去养女人！对不对得起你老豆，嗯？！"

老母踩脚，拿报纸打我，老母直指着老豆的像。我不敢去想阿华的
话。沉默的间隙里，电视播报新闻的声音识趣地插进来。哪里的民
房失火，金价又涨了几多。

"老母，是不是，你……你赌钱，输了……"

老母一惊："我吓！是不是个女人教你的？不孝啊你！质问你老母！街坊邻居快来看啦，这个衰仔居然逼老母吐钱养女人啊！"

老母不给钱，我低头看着我的脚，老化的塑料拖鞋裂开口子，老母的脚胀得鼓鼓的，啪啪啪地踩踏着地砖，褐色的老年斑透过短丝袜显现出来。

我穿着拖鞋就这样走出来，我想看到阿华。

她在对面马路的超市里，收银，扫条码。我知道她快放工了，但是我不敢就这样去找她，我没有了三十万的勇气。我在街边的茶餐厅里找个座位坐下，香港的地皮这么贵，大家都不愿意挤在自己的小屋子里，茶餐厅永远都有三三两两的客人。伙计过来问我："吃点什么？"我看着这个伙计，浑身汗津津、油腻腻的，不知道该怎样回答他。

"先生，吃什么？"

"柠檬茶，就可……可以了。"

"好，稍等。"

柠檬茶加冰，水滴顺着杯壁流下来，我用手指接住，转身去看阿华的超市。突然看见阿华同别的男仔挽着腰走进来！我低头一缩，躲到卡座里面。

"吃点什么？"

"奶茶。"

"小姐呢？"

"我……也要奶茶！"

"好的，稍等。"

"我点什么你就点什么，傻呀你？"

"人家中意嘛。"

我的颈子抵着卡座，好想撑起身子来，但是我不敢那么做，柠檬茶的露水在桌上越积越多。餐厅里除了他们两个，还有三个老人在说一道血腥的菜。

"……这道菜是先让小狗饿上好几日，不给吃的也不给水喝。饿得它快要撑不住了的时候，开始喂它生牛肉吃，水则是喂红酒。喂到它肚皮滚圆，腹中酒肉已成一体的时候，开膛剥肚，取出狗胃来，片成片，风干再食。"

"哎呀，这样都行？"（"伙计，收账！"阿华他们要走了）

"你们不懂，这道菜的精彩之处在于先让小狗挨饿，一是清理肠胃，二是以后做准备。小狗饿急了，喂它什么它都吃，而且胃也收紧，能同牛肉、红酒……"

我撑起身子来，叫住伙计。

"唔该，来……来……来碗云吞面。"

罗 素 素 的 青 春 期 及 以 后

016

吴浩然

▶ 吴浩然

青年作者，文学研究生在读。

小的时候我是个漂亮、骄傲、活泼的女孩子，至于后来为什么会变得平庸、胆怯、孤僻，我说不清楚，爸妈也说不清楚。也许不过是埋伏在体内的基因作祟。过于美好的童年期在十一二岁达到巅峰，那时我的身体纤柔灵巧，面容清朗像笔醮墨饱的写意，脾性骄傲而乖张，擅长嘲笑和颠覆，在大院子的孩童领域是主要的左右者。如果任此发展下去，各方面的出色因智慧的增长膨胀几分，加上心机锻炼成熟，也许我会变成一个诱人而毒辣的女人。可是，也许我的基因中只有这么一段带着浪漫主义的自由无羁。余下的部分在一个夏天被热醒，从混沌中逐渐恢复活力以后，我的人生从此面临的变化就像那个老套的词：戏剧性的。

但是，马上我察觉到"戏剧性人生"这个说法潜在的心理粉饰和拔高。当我回想这些年，发现那件事的影响力难以启齿——并非严重到无话可说，而是——像一切天生的坏运气，即使是森然大难，若用一生的时间来拉长稀释，也只会淡薄成一点点日常的麻烦。淡薄到难以启齿。妈妈问我："你不愿意和人打交道，是不是因为这个？"

当然不是。

我说的是真话。在我平庸的人生里没有二元对立的因和果、始和终，但是不妨把那个盛夏的夜晚作为叙述的起点。那天暑气自脚下蒸腾而上，我和几个同院的男孩儿站在附近一所小学的篮球架下面。我们年龄相仿，分布于三、四、五年级。人是多么容易受到环境的影响啊，日落西山之后，操场混混沌沌，满眼是沙石不洁净的灰黄色，我们努力睁着眼睛又眯起眼睛，依然看不清周围的草木，心里有点黏黏腻腻的烦乱。为了赶快消磨掉这段不上不下的时光，我们开始攀爬篮球架。球架不似现在那样精美而经不起折腾，钢铁与木材的原色显得它十分结实。被摩挲多次的铁管有舒缓的凹凸，散发着远离铁锈的酱油色光泽，把鼻子凑近会嗅到抽象的打消食欲的气味。我爬到稍高的地方，把脸俯贴在铁管上，沉醉于视角的倾斜中。这时身边一个男孩儿忽然跳下篮球架，他走开几步后对我说："你身上难闻。"

我有点吃惊，不是因为他的话——童年的我漂亮，但还没有维护漂亮形象的意识——是因为他的行为。这个叫骏的男孩儿居然向我表示排斥。他向来是令我瞧不起的，一听到他妈妈敲碗呐喊就马上要回家，一感冒就戴一朵大绒帽上学，活像个唐僧。

骏扭着小眼睛，转过不规则的脑袋向那几个男孩儿说了几句话。他们走过来，靠近我闻了闻，有几个做出夸张的姿态，向后退了几步，懒懒散散感叹着。在相互应和中，他们的脸上显出无聊的兴奋。我对无聊向来报以鄙夷，兀自伸出胳膊，习惯性地钩着篮球架转圈。有个男孩儿说："咦，别转了，难闻。"

我转身就走。那些男孩子都是我瞧不起的，他们从来说不出有价值的话，只会横七竖八地咋呼。我动静皆宜，早早学会自娱自乐，之后几天我就天天在自己的小房间里画画和做手工。我是大院孩子们当中最会画画也最会做手工的。骏有时候爬上我的窗台喊我玩，常常被我一掌推下去。我不能原谅我的追随者之一居然把我置于一场无聊的咋呼之中。

暑假快过完的时候，妈妈买了一小瓶药水给我，叫我洗澡后抹在胳肢窝里。小瓶只有拇指大小，十分不起眼儿，里面是不清不亮的液体。我诧异地瞥了一眼，不耐烦地丢在一旁。

"不抹，我没闻到。"

妈妈说："但是别人能闻到，小丫头，要注意一点。"

我说："要是真有气味我怎么会发现不了？你藏在柜子里的橘子我一进门就能闻出来。"那时我精力充沛，情绪的沸点很低，很容易暴脾气。

妈妈说："我都闻到了，还会骗你？这是你爸爸的遗传。你奶奶遗传给你爸，你爸遗传给你。现在你要进入青春期了，新陈代谢变快，所以就开始有气味了。"

晚间洗澡前，妈妈特意把药水放在香皂旁边，叮嘱我每边抹上三滴。药水有一股黏稠的医院般的涩味，不仅是打消食欲的，而且是叫人反胃的。第二天，还没有长出一丝毛发的胳肢窝开始脱皮，布满密密的白屑。我换掉穿了一个暑假的背心，穿上短袖衫，找到妈妈，愤怒地把胳膊伸给她看。胳膊小麦色、光洁、笔直，没有任何瘢痕和多余脂肪，竟然在末端如此不堪。

妈妈用手刮了一下，落下几片白屑，我的头皮立刻一阵发麻。她说："刚抹有点脱皮是正常的，过几天就好了。我也在让你爸爸抹，这是家族遗传，没办法。"

"你没有吗？"我问。

"我当然没有，我和你们罗家又没有血缘关系。来，你闻闻看。"妈妈掀起袖子，露出肥白的上臂和毛茸茸的腋窝。我犹疑地凑过去，嗅到一股尖锐的汗酸气，赶紧把脸别开。

"只有汗味是不是？"妈妈自信地笑道。

我问爸爸："是不是你遗传给我的？"

爸爸点头。他点头的幅度很小，频率很高，不动声色，给人的感觉介于平静和不屑之间。

"唉，为什么你的双眼皮没有遗传给我，小腿那么细没有遗传给我，好头发也没有遗传给我，偏偏把这个遗传给我呢？"我扳着爸爸的肩膀，"你说呀，为什么就把这个遗传给我呢？"

"是呀，我们把你重新生一次好不好？"妈妈笑个不停。爸爸被我晃来晃去，抿着嘴，淡笑着不说话。

漫长的夏天被蝉声锯成许多碎片。对于我，这向来是个天堂般的季节，我在院子的每个角落里敏捷地甩着胳膊和腿，汗珠儿痛快地滚滚而下。夏天充分契合了我漂亮、骄傲、活泼的特质。可是现在，不仅短袖衫箍着肩膀不舒服，汗珠儿还常常忽然从肋间滚向腰际，一阵发痒，骇得我以为是小虫钻进衣服。我躺在凉席上想，难道要一直脱皮、一直穿着短袖衫吗？

妈妈说："素素，抹了药就好了，只管出去玩吧。"

我又开始和伙伴们玩了，只是原本直上云霄的暑假拖上一个不爽不利的尾巴，我的脾气变坏了。我问骏："还闻得到气味吗？"骏摇摇头。

"本来臭的就是你！"我把一个玩具随手朝他扔过去。

那一年我开始进入青春期。大院里几个孩子上了不同的初中，做了
多年的邻里开始解散，搬到学校附近去陪读。我的皮肤逐渐变白，
胳膊腿开始积蓄脂肪，早晨洗脸发现鼻子上有油，身体的曲线一年
比一年分明。妈妈不再允许我胡乱套一件旧汗衫就跑出门，而且要
求我留长头发。

在初中我如鱼得水，小学时不出众的学习能力突然泉涌，几乎次次
考试都是第一。同学们评价我是班级乃至年级唯一美貌与成绩兼
有的女生。在各方面能力逐渐自觉以后，我开始懂得避免日晒和
过量饮食，懂得在赞扬中只能浮出一丝微笑，并且——开始分辨自
己身上的气味。作为一个姑娘，我各方面的感受力和分辨力都比较
敏锐，哪怕只有一丝气息从领口偷偷逸出来，也会被我谨慎地捕捉
到。这是一种深灰色的、略微发黏的，在生活中不能找到替代形象
的气息。是的，我从来没有在生活中嗅到过类似的气味。妈妈和我
的气味的确不同。我对她拿起我的衣服检查、鼻腔受到刺激时的表
情已经司空见惯。我的同学和好朋友，在最热的空气里依然不留
痕迹。

不过我觉得它并非臭不可闻，只是不令人愉悦而已，更加难闻的气
味还有很多。当我洗完澡，仔细抹好药水，穿上透气的衣服，我就

是一个安稳的、平淡的女孩儿，除了女孩子的共有特征之外毫无别
的特征。我小心地保守着我与众不同的秘密，日复一日，夏天更是
严阵以待。虽然有时我希望把它告诉我的同学，告诉我的好朋友，
让她们惊异于我保守之严密，但是又不敢尝试。

妈妈时常询问我，有没有同学发现我的气味。她说她打理着我的身
体长大，如果出了纰漏，会让她十分不安。而当年骏他们的表现还
在眼前。初二的时候，我在路上偶遇骏，他的个头儿大了一圈，脸
颊和当年印象相比有点走形，若是细看会疑惑是否真的是他，略略
一瞧反而十分肯定。他没有近视，比我眼尖，我还在分辨他时，立
刻把脸别过去看行道树，腮上通红。

哼，这个家伙，以前还不穿裤子在我面前跑的，居然害羞起来了。
我想着，心里也嘭咚一跳，干脆死死盯着他，盯得他的耳朵和脖子
也变了色。

我们都讨厌对方，因为对方知道自己的过去。

其实这个时候的孩子没有不害羞的，害羞是因为一知半解。如果不
害羞，那就是知道得太清楚或完全未启蒙。初中的孩子会一无所知
或无所不知吗？当然不会，所以我们其实都害羞。但是，我常常在
浴室里毫不害羞地端详自己的身体，自己年轻的看上去几乎完美的
身体。那埋藏在身体里不见天日的危险让我有超乎年龄的悲壮感。

不开心的时候并非没有，但只是发生在家里。爸爸像大部分男子汉

那样不讲卫生，常常在晚间快要睡下的时候，我听到卧室里妈妈的责怪声，接着听到爸爸走进洗手间开水龙头的声音。他必定只是打湿毛巾胡乱在上身擦擦便了事，因为第二天妈妈会责怪他把毛巾也弄上了气味。

而我从来无须多言，天生喜爱洗澡。这是妈妈曾经引以为傲的，可是如今我的爱清洁只能让她放心而不是赞许。在冬季的公共澡堂，水声锅炉声说话声几乎震耳欲聋，妈妈在不远处的水龙头下朝我喊："胳肢窝多打点香皂，多搓一搓。"

我屏住呼吸，不吭声。

妈妈又喊："多打点香皂。"她抬脸向我，做出往腋下涂抹的姿势。皂沫从额头上往下滴，她紧缩着五官，眉毛几乎插进双眼之间。

旁边的人开始望着我。我想了一下，答道："知道了，你也是。"夏天我中午和晚上都会沐浴，因此我比身边的人都要清洁。我无数次检查自己的腋窝，淡褐色的纹路像掌纹，平静的、宿命般的纹路。问题出在体内，而非体表。只有等我的身体玉殒之后，这不请自来的气息才能消失。但是，我很乐观。相比脸上长个大痦子或是龅牙，或是头发稀疏、口吃、跛脚、青春痘，我觉得自己的遗传缺陷还比较好掩饰。我灵活应变，有一次好朋友来家里玩，看见了桌上的药水，我毫不客气地说："那是我老爸的。"有一次坐在后面的同学嘀咕一句"什么奇怪的味道",我笑答:"自己调配的香水。"

我也曾被告知自己的防范手续有疏漏。那只是在极其少见的情况下,比如没有条件洗澡,或是天气太闷。某年暑假一个惬意的下午,在廊檐上,舅妈向妈妈提到了我的气味,用语之婉转,我甚至没听出她指的是什么,是妈妈的反应很快让我明白过来。妈妈红红脸,转过头微笑着对我说:"素素,去动下手术就好了。"

这是妈妈第一次向我提出动手术。我一愣,便朗声大笑进屋去,在油腻腻的桌子旁坐下,继续看小说。我觉得荒谬。在老家我是一个堪称楷模的女孩儿,爱看书、不乱疯、讲道理,而且我坚信,一点不大不小的遗憾有助于个人生存的自然性。妈妈跟在我后面道:"天天抹药也麻烦啊,打麻醉,不疼的,很小的手术,只是开个小口子,把汗腺取出来就好了。"

的确是件很简单的事,于是我简单地拒绝了:年纪轻轻挨一刀,活着也没什么大意思。

在从容不迫的同时,我时时警觉着同类的出现。我的鼻子一年比一年敏感,近距离数秒钟内就可以判别对方体味的属性。我觉我的同类当中应该是男子居多。一个男性身体上的龃龉之处完全可以被接受，但像口臭这样的龃龉是不可原谅的。他的不完美，只能是天赋的不可更易的严酷，沉默无言的辛劳——只有我这样的女性能心领神会。当时我正处于青春中期，心中开始对异性感到杂草丛生的萌动。那是个想象力单纯而丰富的年纪，如果某一种幻想持续较久的话，会在大脑中生发出一个纯粹欲滴的新世界，这个世界里有丰沛的感伤和满足，对青春之后信仰的构建可能会有积极影响。我说可能，因为自己并没有这样的经历，命运并没有留给我太多幻想的时间。不久我就在公交车上遇到了一个男子，他比我高很多，伸手把住高高的扶杆后，我在他身旁嗅到了同类的气息。

我不能自控地屏住呼吸，不能自控地走到车厢后面，脑袋嗡嗡直响，心里怦怦直跳。不仅是因为这相遇太意外：不能不承认，这种气味从别人身上散发出来，的确有点惊人。我坐在后排座位端详着这个男子。他还很年轻，大约20岁，却已经发胖。脸上油腻腻的，五官毫无棱角，显得贪吃，没有什么头脑。他的鼻子下面有一排胡子，在油腻的背景下更加不伦不类。他穿着宝蓝色的衣服，那个时候男生的衣服总是一阵红、一阵蓝，而这种宝蓝是我最不喜欢、认为最不应做衣服的颜色的。

我不能想象那宝蓝色之下的躯体，他给我一种肮脏的感觉。我恶毒地想，他如果有什么磨难和不快乐，那不是因为别的，不是什么命定的创痛和原罪，都源于他太不爱洗澡，太不尊重自己。

这次发现是一个打击。下了公交车，毒辣的阳光从头顶砸下来，我吓了一跳。太阳原来这么可怕，瞬间后背就紧贴住汗湿的衣服。我站在路边，屏息感受了一下领口散发出的气息，嗅到一股熟悉的气味。我一直以为那是压制隐疾之后正常的体味，但是，在没有参照的情况下，谁知道自己是不是正常？谁知道自己是不是特殊？究竟应该是什么样的味道？

我抑郁不乐地回到家，洗了个澡。妈妈回家后，我问妈妈："这个气味会不会越来越严重？"

妈妈说："你比小时候是要严重一些。不过中年的时候就好了，你爸爸现在就比年轻的时候好些了。你不要担心，我好久没闻到你身上的味道了，只有洗衣服的时候仔细闻闻，才会有一点。"

但是此后我开始长久地闷闷不乐。我减少了参加班级动态活动的次数，那时学业已经繁重得多，长久坐在角落里不会是一件异常的事。举止上的受限不算什么，我动静皆宜，早早学会自娱自乐。但是，我觉得心里被嵌进一粒沙子。一般认为沙粒是珍珠的前身，可我不是蚌壳。这沙粒从腋下悄悄移到心里，就像一个预感到不能入眠而又必须入眠的夜晚，闭上眼，丝丝缕缕的担忧就从黑暗中浮上眉心。

我曾经为自己严格仔细地保守秘密感到得意。但是，也许正因为这秘密之无法保守，便不会为别人特意提及。如果我已经塑造了一个无所谓的形象，如果我是同类中的异类，几乎从未将其泄露出去——无论面临哪种情况，为了自己的尊严，绝不能冒险开口坦白。虽然我比他们都要爱清洁，我洗澡的次数至少是他们的两倍，但是谁知道！这清洁不能炫耀，而且它的美好感常常被压力消解掉：我恍惚觉得自己像动画上屁股烧焦的汤姆猫，奔跑时身后连绵着一道烟。只是这一道烟在我就变作两道，是从腋下生发出来罢了。即使不断用水清洗，从水中出来的那一刻，担忧又开始酝酿；像汤姆猫，永远面临着不断地被压扁、拉长、烧焦。这真是无法可想了。

发现了这个男子的第二个夏天，妈妈再次要我去做手术的时候，我开始考虑她的建议，说："那么，先让我爸试试？"爸爸未置可否。当然，我是开玩笑。爸爸已婚生子，大局已定，而我前路漫漫，应该未雨绸缪。

在医院，夹在许多有疾带病的人中间，我重新感到从容而自负。也许应该早点来到这个地方。在我之前候诊的，是一位饱受痔疮之苦的人。妈妈对我说："你看，人家还不是要撅着屁股给医生看，你这有什么不好意思的？"

我们决定接受传统的手术方式，一劳永逸，而不是小广告上的无创之类不靠谱的手段。成长中向来完整无缺的皮肤被切割、拉扯，产生陌生的不适。但是，手术过程中我始终充满了好奇，因为从来没

见过那样明亮的刀子、剪子，还有月牙形的缝针，明亮得不会留存
也不能忍受一丝血污。细小锋利的光芒来自人间之外，提醒着我，
这一切是多么特殊。我应当早来接受这一场精心的洗礼。手术灯纯
白的光耀下，两个通身蓝衣的非凡的人处理着我的身体。自诞生之
初，从没有哪两双敏锐的眼睛对我的腋下如此关切，他们此时此刻
所做的一切都是为了我。

从来我都是孤身一人的战斗者，如今我发现，陪伴不一定需要来
自同类。

然而这特殊的时刻无法延长。我离开手术室，胳膊下面夹着两个棉
包，发现外面的太阳一如既往，并不会因我而有所改变。匆匆打车
回家，路上有人注意到我的棉包，他们什么也不会说，因为他们一
望便知道一切；遮遮掩掩向来会引起最美妙的流言蜚语，坦白却可
以立刻使人失去兴趣。我如要成为不异常，必须彻底异常一次。同
理，为了能够永远战败夏天的太阳，必须忍受住两个星期的彻底
躲藏。两个星期中，除了定期去医院换纱布，我没有照过一次
太阳。

生理上的一些不适都可以忍耐，但我心中涌动着一些未可名状的思
念。我爱上了那个给我消毒的助手，他是个年轻温柔的男子，应当
干净而平淡。他俯视着我有缺陷的身体，我因此成为一个接受救赎

的受难者形象。给我消毒的时候，他动作之精心，仿佛擦拭的是一件初生的瓷器。

"疼不疼？"当酒精沾上皮肤，凉气开始蔓延的时候，他笑着问我。我没有回答。他的眼睛像婴儿一般黑，带着容纳一切永不惊讶的神情。除了肉体，还有什么值得惊讶？他见过了我的肉体，因此他从起初就了解一切。洗礼与受洗的绝对高下产生了绝对的平等。

复诊的时候，主刀医生正带着一群实习医生，我一眼看见了那婴儿般的眼睛。那时我还是秀丽的，大人常常夸我的笑容很可爱，而在手术之后，我常常开怀。此时我依然在笑，我发现他看到我时眼睛一亮，向我紧走了两步。然而他又缓下脚步，停留在他的同学中。他了解一切。作为医生寡言的助手，他亲眼见到了我如何勇敢地脱下衣服，将从未吐露过的细节回答医生的询问。我被一刀划开，是他亲手用药棉吸走不断流出的血液，他还参与制作了黑线缝合后蜈蚣一样吓人的刀口。只有他知道我主动选择用苦痛换取洁净的全部过程，他的同学凭借医疗知识只能推测出粗略的开头与结尾：之前她散发着无穷无尽的臭味，之后她带着两条心虚的疤。一个秀丽的少女，这样抬着胳膊、夹着棉包的样子是多么滑稽。医生问了几句，叮嘱继续吃消炎药，便告知我可以回家，过几天直接拆线。回家的路上我想，被缝了几十针，竟然连点滴也没有打过一次，真的只是一个很小的手术。

腋下多出两条疤，有一条缝得很平整，另一条有点扭歪，这是那个助手带给我的唯一纪念。数月后，余痛彻底消失，疤痕渐渐转为正常皮肤的颜色，看上去便差不多。我并没有丢掉检查气味的习惯，反而更加频繁。生活变得轻盈，每一次小心翼翼的检查都带来陌生的快意。在妈妈的欢欣鼓舞中，天气转冷。第二年夏天，我又嗅到了以前的气味。

妈妈很后悔："不该叫素素开刀，没有治好，还落下疤痕。"爸爸倒很从容，给我买来了以前的药水，说："她的青春期还没过，汗腺会继续生长，我之前就料到了这一点。"

毕竟做过正式处理，气味较之前要淡许多。我保持正常人洗澡的频率便可以安全无事，也可以参加体育活动。但是，此时已是高中后期，没有人会在意我蠢蠢欲动的表现欲。后来我进入大学，依然保持着细心、爱洁净的习惯。我不穿无袖衫和吊带裙，不游泳，不参加健美操训练。尽管妈妈常常安慰我说，腋下的刀疤不怎么显眼。我倒不是太介意刀疤的不美——我现在已是一个十分安静的女生——而是面对一次失败的"阉割"，我发现自己无法保持任何一方的纯粹性，不能归入任何一边的群体。我不怪妈妈和医生，如若有所责难的话，那便是当初自己的轻易屈从。尤其是一连遇见好几个我无所顾忌的人之后。比如隔壁班里就有一个瘦小的男生，在夏天会发出浓烈的气味，相隔两米就能清晰地惊心地发现。他频频坐在女生旁边，从来没有听见哪个女生抱怨过他的气味。他做学生工作，一路青云直上，似乎那气味也因他的荣誉鸡犬升天。

我交了男朋友，不知是不是因为爱情的缘故，我在他身上嗅到一种气息，特征分明，从来没有在别人身上嗅到过。我贪婪地嗅着他，相处的每时每刻都在捕捉他的气味，仿佛当年精心捕捉自己的独特。之后我开始忧虑漫长的婚姻生活。我以为自己曾经虔诚于一个稀有的仪式，如今发现自己面对着一个巨大的未知的可能，不知道这可能降临时应该呐喊还是沉默。我像失贞，失去了选择任何一种态度的权利。

我发现自己生成了新一种气味，同时，发现自己的嗅觉开始迟钝。药水的味道加上汗味，还有那暗疾的味道，三者混合起来的新产物，陌生得让我几乎无法分辨这算不算异味，是不是应该抹药、应该洗澡。我忧虑地发现自己的每一件衣服都散发着这种莫名的气味。之前，从没有同学当面提及我的体味，但是现在，有越来越多的人对我说："罗素素，你身上有股特别的味道。"问及味道难闻否，他们说，不好闻，也不难闻。

不过，大部分时候我都很乐观。即使是森然大难，若用一生的时间来拉长稀释，也只会淡薄成一点点日常的麻烦。今年，妈妈告诉我，爸爸现在即使不抹药，也没有什么气味了。她给我预测了一个光明的未来，但是我现在还迟迟停滞在青春期的末尾。另外，虽然十几年前就知道自己的气味遗传于爸爸，但是十几年来，我一次也没有从爸爸身上闻到这种气味。如今，当爸爸已老，我彻底不再是当年漂亮、骄傲、活泼的女孩子，而是变得平庸、胆怯、孤僻以后，这一点一直让我感到孤独。

三 人 行

017

沈银芹

▶ 沈银芹

喜欢看书写故事，也喜欢哼歌听音乐。相信幸运，也相信人定胜天。既然选择了远方，便只顾风雨兼程。

2013年冬天，我从法国休假回国。飞过自己的山川河流，平稳降落在我出发的那个机场。拉着不多的行李，上了一辆出租车："中山路Kumu咖啡，谢谢。"

收到文琪结婚请帖的时候，我就订了回来的机票。请帖上，林文琪小姐的名字上面是何洲先生，你们真的就要结婚了。

何洲啊，住我家楼上的你，教我骑自行车的你，带我上学的你，期末给我复习资料的你，逃出去玩时当我的挡箭牌的你，被调侃和我传绯闻的你，到后来怎么就变成了林文琪的你？竹马绕不过青梅，感情绕不过时间。

与何洲

你就是从小到大我妈嘴里的"别人家的小孩儿"。自从我五岁搬到这个小区以后，我就知道楼上住着一个叫洲洲的怪物。你乖巧懂事，什么都会。我坐在阳台画画的时候总是可以看到你在楼下骑车，旁边其他阿姨都夸你。我把新买的蜡笔扔下去却没有砸中你，你的车轮把蜡笔碾碎，我在阳台上哭了。恶人先告状地说你故意弄坏我的蜡笔，你第一次被你妈妈在外面骂了一顿，回到房间的我偷笑了好久。你看，我就是这么坏。

你是不记仇的，小学是我的同桌。上课回答不出问题的时候你总会在底下小声告诉我，平时考试我做不出你也会在我的威胁下把试卷给我看。这就导致了我平时一贯好学生的样子到了期末考总会让人大跌眼镜。我不喜欢午睡，午休的时候大家都趴在桌子上，我老是在你快睡着的时候挠你痒，你很怕痒。一直到五年级，我长得特别快，比你高半个头。座位调到了最后一排，旁边是个喜欢玩虫子的男同学，老是把虫子放在我的铅笔盒里，就等我害怕得一声惊叫。作为班长的你和他打了一架，我在教室外面跳皮筋，他又放虫子被你抓了现行。从那开始就有我和你的绯闻了，从那开始你也是我的英雄了。

我们的初中离家比较远，我学不会自行车，爸爸不接送我的时候，我就蹭你的自行车。那时候看《流星花园》看言情小说，幻想自己是长发飘飘的女主角，坐在男朋友的车后座上，一手抱着书一手抱着你。我说"你做我男朋友吧"，你说我脑子里都是糨糊。文不对题，我只是一时兴起罢了。后来我和其他班的男生恋爱了，你虽然很不赞成，但还是替我瞒骗着父母。有次晚上我逃出去和他看电影，爸妈到处找不到我，你把我拉出电影院大骂了一顿，回去和我妈说是你带我去护城河放孔明灯了。这之后你妈就不再让你和我一块儿玩了，会影响你中考。我也被那个男生甩了，都怪你。后来你上了重点高中，我的确稍差一点。

下了出租车，看这家何洲好几次发在朋友圈的他开的咖啡店，欧式风格的建筑和隔壁的旧照相馆截然不同。进门时，服务员用法语说着"Souhaits de bienvenue"，让我有点惊讶。何洲不在，我靠窗而坐。我也不知道为什么一下飞机就要来这里，或许以为这里就可以见到他吧。墙上有好多相框，里面都是文琪或何洲。照片里的他们好甜蜜，依偎着看日出的他们、在迪士尼乐园的他们，还有我最想去的海边的他们。服务员很有意思，说是老板即将结婚，送给每位愿意写句祝福的顾客一只咖啡杯。我的心情莫名阴沉，刷刷写下几笔，拉起行李离开。还是回家吧，高二的时候搬出有回忆的小

区，搬到冷漠的高层。好像也是从那之后，我与何洲的关系就开始
没那么亲了。

与文琪

林文琪这个名字是几乎我们整个高中都知道的，她漂亮能干弹得一
手好钢琴。现在来说就是个女神，这让和她同进同出的我显得非常
平庸。我常被她的追求者拿零食贿赂，换她的QQ。我们笑称可以
以此发家致富，虽然文琪家里很有钱。

高一快结束的那个初夏，我跟风地请大家吃饭唱歌过生日。就是高
中一些同学，还有我每个生日从不缺席的何洲。文琪唱了一首《会
呼吸的痛》，何洲看得两眼直勾勾的，我第一次心里有点酸酸的。
何洲和我回去的时候问我她叫什么，我故意没告诉他。暑假里文琪
约我去三亚旅行，我满心欢喜盘算着该带什么衣服。她支吾很久
说，可不可以叫上何洲，我说，包在我身上。我也想和何洲一起去
海边追逐海浪，去沙滩踩脚印。

上课时总是开小差，和文琪传小字条，我常向她吐槽何洲。我的身
边除了何洲，好像也没有别的人可以说了。文琪说何洲是神一样的

人物，好想见。三人行的三亚游，何洲负责拍美美的照，我和文琪负责暖暖的笑。我有我的男闺密和女闺密，我最好的夏天。

和文琪一直到高中毕业都形影不离，包括后来她说喜欢何洲啊，我就帮她追啊。大学她去了何洲去的城市，而我留在省内念书。我们节假日必聚，我也去过她的城市看她。我们汇报彼此的生活，听她说何洲有了女朋友，我的心跳和她一起漏了好几拍。我听她哭，安慰她别哭，然后跟着她一起哭。后来又听她说那是个误会，我们就一起在电话里笑。我大言不惭地说，我就知道他小子不敢瞒着我谈恋爱。我怂恿她去告白，她就真的去了。在晚上她打电话告诉我之前，我就看到何洲发了一张两个人拉着手的照片，配字：最后的决定。

快一年没有回国，爸妈说我没心没肺。饭桌上，妈妈老是说到谁谁家的谁结婚了，哪个阿姨去年就抱孙子了，我只能尴尬地说："是吗？很好啊。"

2013年我26岁，出国五年。文琪、何洲在一起的那个大二结束后，我就参加了学校的交流访学去了里昂，和全国各地的一群法语专业学生一起。里昂没有巴黎那么著名，也没有像马赛一样治安差，去散心学习，够了。周末去学校对面的咖啡店兼职，没有人认识的环境里，我好像可以重新活一次。奔着高额奖金，我参加了法国大学生设计大赛。《海浪对戒》被主办方因别具匠心评上了一等奖，幸运总是轮流转，也因为这样我才有机会到现在的公司工作。访学期结束后我没有回国，住在员工宿舍，过着国内朋友无比羡慕但冷暖自知的日子。后来，我的微博认证成了法国××公司珠宝设计师，我好虚荣，好想让他们知道我过得有多好。可是微博发得就少了，因为我除了日复一日在格子间工作，没有其他生活。反正我身边，人从来就不多。

晚上文琪来电话，让我陪她试婚纱，还有我的伴娘装。她总是能拿捏我的行踪，像几年前我偷偷跑回国，谁都不知道我在哪里，只有她在旧学校操场找到我。

婚纱好漂亮，所有女生都无法拒绝这洁白的纱裙吧。文琪在我面前拎着裙摆转了一圈，问我："好看吗？""好看啊，你一直都好看。"文琪把我从沙发上拉起推给服务员："带她去试。"我不明白为什么我一个伴娘前前后后一共被文琪试了十多套婚纱，还都拿手机拍了照。文琪邪恶地凑到我耳边说："要不要你也快点，我们一起办婚礼，我等你就是了。"我敲了一下她的头："好啊，我一

辈子嫁不出去你也不用嫁了，让何洲哭去吧！"文琪笑笑说："那
我不等你了，你穿婚纱那么漂亮，我不要和你站一块儿！""你
是舍不得何洲哭吧！对了，他怎么今天没来？""他……他有
事。""都不来见我这个老基友。"

婚纱和礼服被放进车后座，文琪熟练地开着车在这座城市里穿梭。
她在自家公司协助她父亲，体面的工作体面的生活，也即将有一个
体面的丈夫。何洲的咖啡店不是主业，他在一家外资广告公司当创
意总监。才子佳人，现在想来应该就是这么配的。

我们在Kumu喝下午茶，门口的服务员还是说着Souhaits de
bienvenue。我问文琪为什么她们说法语，文琪说何洲去过一趟法
国，大概受了点影响吧。可是我怎么不知道何洲去过法国？去了为
什么没有去找我？服务员给我们端来咖啡的时候，对我说："原来
你是文琪小姐的朋友啊，上次送的咖啡杯你没有带走，我去给你
拿。"文琪好奇地看着我，我低头想说"你认错人了"。文琪扑哧
笑着说："你这么心急就来过这里了啊？"我尴尬地挤出一个笑，
她拉着我去吧台旁边的小黑板上，"来来来，哪个是你写的祝福
啊？我找找。"我满脸黑线看着自己写的那张潦草得像在发脾气的
"新婚快乐"，听文琪自顾自琢磨地在说，"是这张吗？老板老板

娘早生贵子多多优惠！是你的风格哎！"

我不解的是明明我在法国工作的第一年文琪就说已经和何洲分手了，工作了联系没那么频繁就没有汇报近况，回国小聚也是说甜不诉苦。明明我和何洲聊天的时候看到他发过来的截图里手机背景是我，所以我以为，我还是有机会的。所以我以为，我一直不敢直视的问题，其实答案就是我喜欢何洲，从小到大，一直一直。所以我身边，除了他，容不下别人。所以我离开他，就像生命重来了一遍。

在法国念书的那些日子里，一个有一双和何洲一样眼睛的中国留学生，陪我度过了那段消极的日子。我们一起在索恩河畔看斑驳古老的圣让首席大教堂，去富尔维耶尔山丘上看圣母院。我们一起吃饭逛街，去钓鱼买菜，他做的菜比何洲好太多。我们牵手拥抱，一切似乎水到渠成，可在他手持蜡烛从树背后出来向我告白的时候，我还是拒绝了他。他，毕竟不是何洲。一定有很多人和我一样纠结、一样犯错，明明喜欢着一个人却选择逃避，明明不愿意看到闺密和他幸福快乐却怂恿起哄，直到错到不能再错，一个人痛哭流涕。

回国后的一星期里，我都没有见到何洲，他一定在为婚礼忙前忙后。那天在超市买完零食碰到在结账的他，我叫了他一声，他帮我买下了零食，我还不要脸地又多拿了两块巧克力，和以前一样自然。他说："走，跟我去打场球。"

我的篮球也是何洲教的，总觉得是他把我宠出了坏脾气，练成了女汉子。我们去了初中的篮球场，太久没碰球我已经很生疏。后来我们坐在水泥地上，他说："你在这里给我送过水。"我说："那是班级篮球赛，我是后勤没办法。"他笑："我以为你不记得呢。"我怎么会不记得呢？这里是只有我和你的地方呀，没有文琪。我问他："文琪说你到过法国，怎么没有去找我？"他说："找过啊，不过呢，看到你和一个留学生在约会，就没好意思打扰。"我脑子嗡的一下："不是约会！""除了我和文琪，你和哪个同学那么亲密过？别解释了，我懂你的。"何洲笑着摸我的头，我一时语塞。你那么懂我，为什么还是不懂我？

2014年1月，文琪的婚礼照常进行。我陪文琪化妆打扮，等着新郎来抢新娘。文琪美得让我既惊讶又羡慕，不过那天最让我惊讶的是，新郎竟然不是何洲。

新郎是他大学室友，他是伴郎。婚礼上文琪把捧花给了我，说了一段好长祝福给我，而我只记得她说："我希望亲爱的你不要让我等你的婚礼太久，那天试婚纱的照片我都发给了今天的伴郎，他说很漂亮，他想让你为他穿上。今天这里其实有两对，我的伴郎和伴娘，他们认识20年，互相喜欢却没有人先开口。我也是因为他们才遇到自己的幸福，拿了我的捧花，你们怎么可以不幸福？"

后来我从文琪那里得知，我回国后看到的，包括之前收到的请帖都是何洲找她演的戏。文琪说："何洲一直深爱的，是你。"

我的喜悲无法转弯，竟然病了一场。何洲来我家看我，他非常自然地从鞋柜里拿出拖鞋，他比我熟悉这个家，我妈叫他也很亲热。我妈和我唠叨："你个没良心的出去就不知道回来，还是人家洲洲老来看我们，从小就觉得你比不上他，你个讨债鬼，快点嫁出去，我倒也省心。"我笑得快把药喷出来了，说："妈，他那么大了还叫他洲洲，我都听不下去了。""我还不是一直叫你树树，以后就叫你黎树！我去买菜，洲洲今天吃晚饭。"妈妈就关门出去了。婚礼之后，我和何洲都没提起那个话题，所以他说："打游戏吧。"

晚饭的时候，何洲给我夹菜，爸妈在一边偷笑。是啊，以前是妈妈给我夹菜，现在该你了！

年后我依然去了法国，递了辞呈，打包了行李。临走前路过打工过的咖啡店，居然和Kumu惊人地像，那是刚到法国两年里最喜欢的地方。而何洲，真的是来找过我的。除夕的那天深夜，我收到何洲的邮件。

TO：树

在那样一个场合，文琪公开了我对你的秘密，你要是不接受我，我一定会丢死人的。

我也不知道是什么时候喜欢你的，大概是你小时候老是超级霸道地不让我和其他女孩子玩吧，我也习惯了身边只有你的日子。一开始对你好，只是因为我弄坏过你的蜡笔。后来就习惯对你好了。习惯真的是很扎人，所以你离开我，我就会难受会疼。

你是倔强又胆小的，至少我觉得是。

你第一次说让我做你男朋友，我脑子一片空白，那时候没你们女生成熟，说了什么我已经忘记了，只是很后悔。你和那个混混儿马上就在一起了，你炫耀给谁看？是不是想说，你不要我有人要？真是蠢。

高中的时候你帮文琪和我牵线，那时候你脾气特别暴躁，阴晴不定。我从来没和文琪在一起过，那天她告白而我坦白我喜欢你的事，她也和我室友看对了眼。我们瞒着你是想刺激你，谁知你被刺激得去了法国。真是蠢。

我第一次去找你，你坐在留学生的自行车上，笑得那么开心，我吃醋。和你聊天你总是嬉皮笑脸，但我知道你过得不开心。你很少回来，回来也很少见我。文琪应该和你说我们分手了吧，那时候不想骗你了，想你能回来。可你只会逃避，真是蠢。

我第二次去找你，你在咖啡店打工，你笑得挺惬意。我开的那家Kumu就是复制它的，Kumu音译枯木，树离开了，这里只有枯木。你写的祝福我看到了，那么潦草，当时你一定不高兴。

去年帮室友向文琪求婚成功，他们就帮我策划了这么一出。

都怪我懦弱胆小，但这次我先跨出这一步。

你设计的海浪对戒，我已经做成成品了。

我爱你，嫁给我。

洲

2014年8月，文琪成了我的伴娘。不管已婚不能做伴娘的传言，我的伴娘只能是她啊，就像十年前去海边：文琪、我、何洲。

我 们 为 什 么 不 分 手

018

鱼是乎

▶ 鱼是乎

不务正业的给排水工程师。

八年前，我大学毕业到一个没落的国企就职，工资只够糊口，要想一个月吃一次涮羊肉改善改善生活就得跟老爸借钱。为了有肉吃，我上班之余去B大参加招聘会准备跳槽。遇见她时是上午9点半，天晴得不太好。她胳膊下边夹着一副羽毛球拍，边走边四下瞧，眼神里洋溢着像清晨的阳光一样的新鲜朝气。她的出现使周围的雾霾散尽，仿佛周围一下子明亮了很多。我拦住她问："同学，你们学校大礼堂在哪儿？听说那儿有招聘会。"她无辜地扭头四顾，好像在向身边的空气求助，最后无奈地告诉我："我也不知道。"我问："你不是这个学校的吗？"她说："是啊。可我是新生，还没去过大礼堂呢。"

然后她就带我去"碰碰运气"，碰来碰去碰到了操场，四处一点儿大礼堂的迹象都没有。我吓唬她："都怪你把我带丢了，我找不着工作不要紧，咱们国家的失业率都被你的莫名其妙提高了！"她吓了一跳，马上又笑了，说："找不着别找了，顺其自然吧！反正来我们这破学校招人的也不会有什么好单位。既然到这儿了，就陪我打打羽毛球吧！"

我一听也有道理，于是开始打羽毛球。

那时候她没手机，我留了她的宿舍电话。每晚九点打电话给她，给她讲白天在单位的无聊事：什么李姐生了，做的剖腹产，是个男孩儿；刘姐家孩子参加钢琴比赛得了第二名，刘姐生她的时候也是剖腹产，现在肚子上还有疤；老张买股票一天就挣了一万块钱……她说她每天晚上不管在干什么，一到8点50分就往宿舍跑，守在电话机旁等我的电话。后来，她买了手机，第一条短信就发给我：

"小鱼！我这辈子发出的第一条短信是发给你的哦。今天妈妈给我寄来手机，我迫不及待地给你发短信，刚开始不会发，还跟舍友请教了一下呢！以后我们随时随地都可以聊天啦！"

几个月后，她的舍友知道她在和我交往，语重心长地劝她："你怎么能跟他好呢？！他可是社会上的人啊。"

"社会上的人"——第一次听到有人这么描述自己，顿时感觉自己坏坏哒。

后来我去上海出差，带了条蓝色的围巾给她，告诉她是在上海最有名的商场买的。她吓得不敢接，后来我假装生气，她才说："那，那我戴上？"两天以后，她发短信说特别喜欢这条围巾，戴上围巾特别有自信，连平时最讨厌的高数课都能听懂了。我弱弱地告诉她，这条围巾其实是地摊儿货，不是真品。她说："我早就知道是地摊儿货了，不过没事，假Burberry也是Burberry，反正也没人看得出来。"

又过了几个月，我跳槽去了深圳一家外企，整天忙得脚不沾地，经常忘了手机放哪儿了，加上距离更远了，换号以后好几天没给她去过电话。想起来给她打电话的时候又觉得，咳，算了，就这样吧。一个月以后过年回家，原来的同事递给我一封信——是她写来的——信里问我去哪儿了，为什么电话打不通。我看了一遍又一遍，还是打算不联系她。后来，她和他们学校学生会一个搞手绘的小伙子好了。我悄悄去B大看她，看到他们牵着手，走在我们打过羽毛球的那条空地旁边的小路上。

四年后，她大学毕业，回石家庄工作。我换了几个工作，也换了几个女朋友。

回到北方。那是2010年的夏天，我从武汉出差回到北京，在QQ上遇见她。闲聊几句，她说，没想到自己终于也成了"社会上的人"，真没意思，从同事就能看到自己将来是什么样子。

我邀她周末来北京找我玩，她竟然痛快地答应了。

我去火车站接上她去了798。我想，她跟搞手绘的搞过对象，应该会对798比较有感觉吧。

来北京的这几年，我带无数个姑娘去过798，由于798太如雷贯耳，姑娘们往往一去就赞叹不已，当场就艺术了，对目之所及都赞不绝口。她没有，很冷静地看，有欣赏也有不屑，看不懂了就直说，看明白了就给我讲其中的典故，一点儿都没有矫揉造作的感觉。

晚上，我把她带回家。她见我家只有一张床，坦然地睡在我旁边。刚开始，我们礼貌地各睡一边，互不侵犯。后来，她坐起来说："你家床太软，睡不着。"我长身而起，抱住她，她没怎么反抗……

大学毕业半年前，她和她那个玩手绘的男朋友分手了。她说，他要是知道她今天和我这样，肯定会疯掉。

我笑笑，心想，大概我交往过的那些女人没一个会这样为我着想。我的前女友们都很善良，分手时都会祝福我早日找到自己的幸福——因为在和我分手的时候，她们都已经找到自己的幸福了。

于是我们开始异地恋。

不知道从什么时候开始，以前在同学面前活蹦乱跳风流倜傥的小鱼，变成了在大家面前沉默寡言郁郁寡欢的鱼哥。不知道从什么时候开始，我开始讨厌打电话，不喜欢发信息，不爱聊天。而她总是抱怨我不关心她。

我说："我打电话的时候特别没有安全感。"她说："我不打电话就没有安全感。"

每天晚上聊了20分钟我就词穷了，劝她早点休息。她说，最讨厌听到的话就是"早点睡吧""明天还要早起"。

吵架当然是免不了的。

她不肯告诉我她的微博，说里边说了不想让我看到的话。我通过我的注册邮箱的地址簿，轻松地搜到了她。她在微博里对我有质疑有责备有夸奖有情话也有抱怨，看得我又心酸又心疼。回忆起很多，觉得自己真的做得太少。

有一天，电话打了一个小时，我又词穷了，但是觉得自己表现还不错，举着手机沉默。她说："睡觉吧。"我如获至宝："说，好啊！早点睡觉吧。"她不高兴了，嫌我说了"好啊"。——而我的正确回答应该是："不要嘛！再陪我聊会儿。"

于是又吵架。

我们是异地恋。我在北京有套房，她说她不喜欢北京，北京就像一个不停赶路的机器。她贪图享乐，受不了这种忙。

她问我什么时候和她回石家庄。我是从石家庄走出来的，暂时没想过回石家庄。后来，我劝了自己很久，终于想通了。明年，或者后年，跟她回石家庄。卖了房，在石家庄重新买一套，剩下的钱说不定还可以买辆车。

我甚至开始规划以后在石家庄的生活。

前几天，刚过完夏至的北京下了一场缠绵的"春雨"。

我经过刮着风的芳草地，走在下着雨的西三旗。

我被淋成了落汤鸡，她说她在石家庄也淋雨了。

晚上又吵架。她小声说："分手吧。"我假装没有听清，问："你说什么？！"她说："没事，睡觉吧。"我心说，你是不是淋雨淋得脑袋进水了？居然跟我提分手！文章和马伊琍都没分，我们为什么分？！就不分！

记得刚和她好的时候，她说："四年前你是让我第一个心动的男孩儿。四年后，竟然又走进了你的怀抱。感觉四年的时间，就像是你一直在等我一样。"而现在，已经又过了一个四年。八年前，黄健翔因为在世界杯上"不是一个人在战斗"离开央视，NBA那边韦德带领热火击败诺维斯基的小牛队夺得总冠军，而你我在一个清凉的秋天的校园结识；四年前，西班牙世界杯登顶，湖人队拿到队史上第16个总冠军，拉希德·华莱士退役了，而我们在一个炎热的夏天重新走到了一起；今天，桑巴军团在世界杯被打得落花流水，马刺的一帮老将又一次把总冠军带回了圣安东尼奥，麦迪已经鲜被提起，我们已经一起磕磕绊绊但又甜甜蜜蜜地走过了四年。你今天居然跟我提分手……还好我假装没听清，要是她发短信，我就假装没看到。

今天中午，她回去吃饭了。我给她QQ留言：

"猪，回去吃饭了吧？我前天淋雨淋得感冒了，鼻涕一直流啊流。今天喝了很多水，没怎么出汗，也没怎么撒尿，全变成鼻涕流出去了。昨天我上网想找个兼职做做。我没钱了，上个月拿房产证被物业黑了2300块，剩下的一点儿钱借给张曦装修房子了，结果这两个月没发工资，后天还信用卡的钱都不够了。我必须得找个兼职做做了。其实我压力挺大的，每个月还完月供，吃喝玩乐，坐坐车，打打电话，不知怎么的钱就花光了，我觉得我挺省的呀。我只想过年的时候，给我爸妈多带点钱回去。不过没关系，我觉得我还年轻，我还可以再穷两年。昨天打电话我又没词儿了，你发现了没有？我有词儿没词儿其实都是跟着你的节奏走。你高兴的时候，我情绪就好；你不高兴了，我就紧张兮兮。以后别用'我不想听'这四个字打断我了，这让我感觉自己像被人抽了一记耳光。好了，先不聊了。我的黑莓手机QQ老断网，而且刚才鼻涕差点儿流出来，我用力一吸，给吸到嗓子里去了，我得出去把它吐出来。"

又补充道："爱你，宝贝，以你不知道的深度。"

又补充道："我已打算把自己的余生，发个离线文件给你。请注意接收。"

…………

刚才跟她通话，她一扫前两天的冷淡，又跟我有说有笑了。我问她，她说："你终于跟我说你的心事了。另外，你的离线文件我收到了，我们周末去领证吧。"

我想，这就是为什么我们不分手。

孤 星 之 光

019

司康

▶ 司康

写作者。曾兼职平面模特，电视台主播。

Fish之所以叫Fish，是因为从小就喜欢鱼，喜欢到从来不吃。按说这种缺少蛋白质的饮食习惯应该多少影响点智力发育吧，但不，她身体瘦瘦小小，头脑却发育得比谁都好。尽管这年头才貌双全的女孩已是车载斗量，衡量优秀的标准也早已不再单一，可Fish依然是一个罕见的，几乎在任何标准下都能杀入榜单的人。

她究竟有多优秀呢？从小就是一学霸，编得了程序、写得了诗词，还弹得一手好钢琴。18岁那年带着哈佛耶鲁的录取通知去了哥大——用人家自己的话说："你是一个什么样的人，远比你念着什么学校要重要"。本科四年GPA接近满分的Fish说，大学对她的意义，第一是认识自己，第二是认识世界，做学问只排第三。可排第三的事儿都做得让人望尘莫及了，第一和第二简直不敢想……不崇尚读书却勤奋读书的Fish，在纽约还兼职做摄影师，独特的作品风格吸引了无数脑残粉，也跟当地许多年轻的艺术大触们成为了好友，大四那年直接被谷歌录取了……妹的我都说不下去了。

我和Fish的相识不算偶然，念书时我们都知道有对方这么个人，但她在纽约我在东京，没太多直接的交集，顶多偶尔互相留个言而已，一晃就过去了四年。

我对她是有好奇心的，这样一个又牛B又文艺，高冷得仿佛不食人间烟火的女孩，是绿茶婊或装B犯的概率实在太大了。然而当我们在香港第一次见面，我就妥妥地傻眼了。散发着浓郁的北方女汉子气息的她，真担得起那八个字——心有猛虎，细嗅蔷薇。

侃过几次后，我干脆跟这头戴花猛虎回了家。

Fish在中环独居，公寓租金比一般人的工资还高。我们通过层层安保，终于进入那小小套间。她甩开名牌手包，换上一身松垮T恤，把茶几上的蜡烛点燃，拧开音箱，又从厨房拿来仅有的一瓶香槟。

"我一直好奇，F1庆功之类的时候，他们好像用拇指一拨瓶塞就开了，是怎么做到的呢。"我自言自语。

"你知道吗，像在庆功party之类的场合疯狂摇动香槟以求开瓶时泡沫狂喷，是一件很蠢很浪费的事，再有钱都不该那么做。图气氛，用瓶廉价气泡酒就得了。你不觉得吗，没了气泡之后平静下来的香槟看起来特可怜，像美人迟暮，英雄归隐山林去放牧。"她一边说，一边拿毛巾包住瓶口，伴着一声清脆的"嘣"，瓶塞就轻松拧

·

开了。

倒上美酒关上灯，就着几方蜡烛的柔和光线，配着悠扬的古典乐，我感慨地说："MD我活得太糙了……"

"噗……才没有，"她笑着解释，"这些家具都是IKEA不能重组的便宜货，蜡烛呢都是我男朋友临走前一天给他践行时用剩的。"

哦，对了，Fish的男友Hank在半个月前去了美国。

"以前不了解你的时候，我一直以为你没谈过恋爱。从没见你在网上表露过，我以为女神一定眼光高到无人能拥有哈~"

"得了吧，就一苦逼女神经~"她自嘲着，"叛逆闯祸早恋，一个都没少。高中时有一男生喜欢我三年，可我一直有男朋友。毕业典礼时，他在礼堂讲台上当着全校师生跟我表白，我妈都看傻了。那时挺感动的，也正单身，就在一起了。后来我们都去了美国留学，但不同城，我在纽约喜欢上另一个男生，就跟他分手了。我知道我一定伤他很深吧，但没办法，原本就只是感动，不可能持久的。"

"原来你是这种人！"我正义凛然两眼放光："那后来呢后来呢~"

"后来，我就跟纽约那男孩在一起了呗。我很喜欢他，可我从来没那么喜欢一个人过，以前觉得特有病的事儿，比如查男友手机短信什么的，我自己居然也开始干，简直变得越来越不像我自己。我们的感情也不平衡，两个人一起生活，一定有不合拍的地方，我会为他努力改变习惯，他却从来不会为我这样做。最痛苦的是，他全家都觉得女人最好是在家相夫教子，没必要工作，我最引以为豪的独立自强这一点，并没有得到他的欣赏。"她边说边摇头，"毕业后，我签到了香港来工作。重新开始一个人的生活，竟然渐渐找回了正常的自己。我明白这才是我想要的状态，就隔空跟他分手了。"

"请问Hank知道您从小没闲着的丰富情史么？"

"知道啊，他跟我前男友还认识呢~别急，下一个就到他了。"她大手一挥，看得我也是醉醉的："工作第二年，我被派到美国总部研修，临结束时在公司里遇见了Hank。我们只date了两周，却美妙得胜过曾经的所有。回到香港后，一个共通的朋友跟我说，Hank不是认真的。我很shock，立刻打电话给他说，既然你只是玩玩的，咱们就别联系了。过一会儿他回打给我，让我查邮箱，我一看，他买了当天的机票飞来香港，二十小时后就来到了我面前。你没办法要求一个男人更多了，不是么。"

Fish停顿了一下，像在回味自己刚刚说的话。

"其实我们交往前，他已经在西岸找好了新工作，想等领了年终奖再辞职的。不料遇到了我。他说持续异地对感情不好，就提前半年辞了职，来香港陪我。我们一有空便四处旅行，都是他主动为我付机票。其实我赚的也不比他少，但他坚持要照顾我，跟我在一起这大半年，他把之前存下的几万美金差不多都花光了。"她自责中又带着点自豪："Hank是一个从里到外充满阳光的人，我真的很感恩能够遇到他。可是……我们现在距离太远了，时差也太困扰了，世事无常，我也不能断言我们一定会有好结果。"

Fish沉默了，把杯底的香槟饮尽，酒精在她脸上染上一层红润，眼里浮着薄薄的雾气。烛火映出她柔和的剪影，我第一次清楚地看到了她大方敞开的心。

"你也去美国工作不就得了？。"我打破文艺电影似的气氛，为她支招。

"我就算去，也不会是西岸。洛杉矶旧金山那样的地方，度假当然好，可要我在那边长期生活，没办法。我喜欢的城市，要拥挤，忙碌，包罗万象。我喜欢北京；香港也不错，虽然这里的规律很简单，女孩子都在比长得好不好看，拎什么包，男朋友有没有钱，再没别的了，不过简单也有简单的好处，至少无论你喜好什么，在这儿总归都能找得到；可是都不如纽约，我最喜欢纽约，管你什么性格什么打扮，有怎样的过去，对未来有什么想法，它都能接受你。"

"你不觉得纽约很臭么？"

"我不在乎，就像我也不在乎北京空气不好，香港出租车态度差什么的。"她说："我是个停不下来的人，如果太长时间窝在一成不变里，就会很不开心。比如我现在的工作，一切都很好，但这就让我懈怠，如果我不多去尝试其它的可能，怎么会知道自己真正想做的的是什么呢？我没有一定要呆在香港，也没有一定要做IT，我需要生活不断有新的改变，变好还是变坏倒无所谓。"

"亲，你是从小就这么……牛逼么？"我脑海中浮现出Fish戴着头盔去伊拉克当战地记者的画面。

"哈哈，我从小就独立，这可能跟家庭有关。在我很小的时候，父母就忙工作忙得没时间照顾我，连幼儿园都念寄宿的，甚至有几次过年都被临时塞到了邻居家。年幼的我常常一个人大哭，害怕哪一天自己会无家可归。"如今她描述起来是那么的自然坦率，仿佛这些都不算什么："我是个心理成熟的小孩，对许多事都很看得开，然而也叛逆得不得了，从小就喜欢东跑西跑，指挥一帮人做事。我需要生活中有一堆人围着我才行，但我不会因为在一个地方交了很多朋友就不舍得离开，我知道到了新的地方我还会交新的朋友，我会更期待后者。"

世上的一切，没有一件事是没有因由的，没有一个因由是不留痕迹的。那些因由，使Fish成了万里挑一的存在，看似强大得无坚不摧，却也有着连她自己都未必察觉的隐秘脆弱。

她心中有爱，却更有限度；她也对感情迷茫动容，却又伴随着随遇而安的释然；她喜欢时投入而忠诚，却从没因失去而过度悲伤；她总有充沛的精力来专注于她觉得更重要的事情。

她曾经发朋友圈说："游泳是一项很孤独的运动，既没有对手也没有风景，这和生命中大部分状态是一样的。"

仔细回想，我突然发现这个cool到极点的女孩，罕见地常重复着这句话——"孤独是生命的常态"——当她游泳的时候，当她跑步的时候，当她迎来一个巨大成功的时候，当她放下一件心中牵挂的时候，当她大学四年的每个清晨，在室友们还熟睡时就独自走去图书馆的时候，当她对生命里的过客挥手道别的时候。

她持久的勤奋和完美的执行力，对每一种感情的憧憬和隐忍，都是源于她早已习惯生命深处的孤独——她把这世上最令人恐惧的东西，视为了生命的前提去欣然接受，那么还有什么能伤害她呢。那么在这一生中，与自己相处，与世界博弈，好奇而热情地活着，就是唯一重要的事情了。

夜深，我们的双颊因酒精而微微涨红。

"我看你男生朋友特别多，却没怎么见你身边有女生呢。"我抛出了最后一个好奇。

"我交同性朋友，喜欢跟我很像的，很独立很能蹦 的。比如说要是一个特淑女特柔弱的，那我肯定受不了，因为那样我就老得照顾她。所以我也不喜欢笨女生，除非有什么地方让我觉得特别有意思。换句话说，我只交在某方面比我好的女生。我也很重感情，对于让我感到欣赏甚至倾慕的女孩子，我会毫无杂质地掏心掏肺，只是如果有一天，我发现原本她比我好的地方，我不知不觉已经超过她了，那我也许就会慢慢走开了。这其实挺自私的。"

"你是被她们吸引了，当引力消失，你就失去兴趣。"

"是这样的。"

害~这有什么自私的呢。

人们都喜欢比自己优秀的，厉害的，闪闪发光的人，这不就是追星的本质么？只在于有没有机会结识和发展而已。虽然我们大多数人都交往着平凡的朋友，但那是因为我们需要啊——需要了解自己的人，无条件对自己好的人，高兴时一起八卦，悲伤时帮忙排解，长久地站在身边相互扶持和分享。对这样的人，我们无所谓她是否聪明，有没有才华，吸引力大不大，我们只要那份经年累月下的深厚忠诚就好了。

但Fish不需要这些啊。

凌晨三点半，我离开了Fish的家。

兰桂坊斜坡上横竖着零星醉鬼，我独自打车过海回酒店，几个小时后还要跟同伴去爬山。

坐在出租车上，脑中总浮现出Fish倚在沙发一端慵懒自然的姿态，白色T恤，随意垂下的直发，生动真诚的表情。烛光温柔而晦暗，半明半灭间她的样子看起来美极了。

真的，我应该当面告诉她，她的照片远没有本人漂亮，我在那一夜的杯影乐声中看到的她，要美多了。

弹指一挥又一年，传来了Fish辞职的消息。炒掉年薪百万的谷歌，名片印上"CEO"，那一年她25岁。

她说，创业对年轻人来说是个光芒闪烁的泳池，跳进去的人本不善水性，所以就算有一天狼狈上岸，你也可以说我学会了游泳。

又过了两个月，她在朋友圈里写下这段话：

"在黑暗的地方，对光就特别敏感。穿越隧道的过程中，有的人选择离开，有的人毫无条件地守护，送我一程又一程。祝福过去的人，和感谢互相照亮对方的那一段。"

我想起，曾听一个会冲浪的朋友说：浪来的时候你不能怕，也不要净想着征服，要顺势乘着它，掌握它的节奏，与它默契地并肩，它会用梦幻般地疾速送你去更远的地方。我想，Fish与她早已认定为终身伙伴的孤独，就是这样一种关系吧。

只是，她是否有哪怕一瞬间曾察觉过，她所追逐的喧嚣磅礴，她所崇尚的变化与自由，她所渴望的成为众人的中心去建功立业，有时也像个灰蒙蒙的被忽略的小孩，在角落里悠悠地诉说着，其实，或许，她对生命近乎极端的潇洒定义，也正是一种自我安慰和解救呢。

我对她说，你会有更美好的下一段。

她说，哈哈，没事，我终身不嫁也挺好的，将来给你宝宝当干妈！

我说，你爱嫁就嫁，不爱嫁就不嫁，不过如果有一天你出嫁，就算办在阿尔及利亚我也会去的。

她说，我会办在你最想去的地方。

走在东京深夜的街头，我为刚刚那番调侃所温暖。

猛然想起Fish当初描述的同性交友观，我后知后觉地纳闷，那我究竟是哪里吸引了她呢？我们这朋友又能做多久呢？

越想越觉得，我大概属于"笨到让她觉得有意思"那一类吧。

那倒可以放心了，反正我一时半会儿也聪明不起来，我们的友情应该会坚固满久的吧。

桂 树 的 眼 泪

020

曹畅洲

▶ 曹畅洲

90后青年写作者。

我对照着手机里的信息，来到一家精神病院，看望一位儿时的好友，山山。

山山小时候非常聪明，印象里从来没有他不会做的题目，属于那种不听课成绩也很好的学生。他的聪明才智不单体现在学习上。小学时我和他一个班，我们的班花十分漂亮，班级里有超过十个个男生同时在追她，其中山山在外表上应该属于中等偏下的，然而凭借着各种战术，山山在这场战争开始之后的一个月内，就成功追到了班花，一度成为班级里众男生的眼中钉。聪明的山山在战后问题的处理上也技高一筹，十余位男生针对山山连番的报复行动，没有一次成功。我当时很想看这场戏以后会怎么样，可惜由于父母迁居的原因，我转了小学，离开了故乡。在那个没有电话的年代，我便和山山失去了联络。时隔十余年，再一次听说这个名字，居然是他住进了精神病院的消息，惊异之余我也感慨不已。我便独自来到了这里，想看看那个曾经叱咤小学风云的同学，如今怎么会落到这步田地。

进去后我就在护士的引导下到了接待室，等候护士叫他。一路上听着护士为我介绍这里病人的"事迹"，忽然有些不寒而栗。接待室干净而整洁，淡蓝色和白色相间的墙壁使人感到内心宁静。很难想像住在这样安逸环境里的一群人，个个都是别人眼中的异类或疯子。他们有的人将自己扮演成四个角色"互相"谈天，有的人则总是废寝忘食地画些莫名其妙的图案，有的人更试图说服身边的所有人，这个世界早就毁灭了，现在的一切都是幻觉。我无法想象，那个活泼聪明的山山，如今竟和这些人被归为了一类。我不禁开始想象一会儿见到他时会是什么模样。阴森？颓废？还是飞扬跋扈、言辞激烈？

没多久，山山推门进来了——我一眼就能认出是他，因为他的模样几乎没有变化，神态也看不出异样，完全不像我想象中那么可怕。要不是现在这个环境，我在马路上见到他一定会不假思索地认出来，然后拍拍他的肩膀，约他喝一杯。他就是个完全正常地普通人，甚至比我都正常。但是他看上去越正常，我心里越是不住地焦虑，外加害怕。这种情感再和当年一起读书的情形夹杂起来，心里真是说不出的滋味。

他对我笑笑，便坐到了我对面的椅子上。

"他们不给你戴手铐什么的吗？"我问。

"嗯，我没有暴力倾向，医师诊断过的，你别害怕。"他笑着说。

我忙说："哦不不不，没有这个意思。"

这段很尴尬的开场白以后，是一段更尴尬的回首童年往事的对白。

他的谈笑和当年简直一模一样，自信，风趣，这哪是精神病啊！凭他的才智，现在应该和一群同样优秀的精英全心创业啊，怎么会……我的疑惑和恐惧同时在心里膨胀。

我终于还是忍不住问："你看起来很正常啊……为什么会来这里？"

他把视线低了下去，哼笑了一声，说："说了你也不信。"

我说："你都已经到这里了，说什么我都能信。"

他迟疑了一下，眼神暗了，面色也渐渐凝重起来，缓缓地说：

"我爱上了一株桂树。"

故事从小学的时候就开始了。山山家的附近有一棵特别的桂树，这棵桂树长得很小，树干只有一个成年人那么高，并且这么多年来，一直没有长大。这棵桂树的树干上有一道非常深的刻痕，是谁刻的无从得知，还有人说是这树天生的。而刻痕的位置，用山山的原话来讲，就是"在她的心脏位置，想必一定很心痛"。那时山山觉得这棵树很可怜，每天下课都来为它浇水施肥，有时还会为它修枝剪叶，每年十月，它的花香就会飘散得很远，一点也不输给别的大桂树。山山沉醉在这花香里，十分满足。

我说："这不是很有爱心的事吗，你就为这个？"

山山看了看我，又低下头来，平静地问："你知道爱上一个人的感觉是什么吗？"

我想了想，说："就是想和她在一起生活吧。"

他说："不对，是只想和她在一起生活。"

这个略微加了重音的"只"字，使我的身体不自觉地颤抖了一下。

"有一天，"他说，"我看到有同学在跳着摘它的树枝，他们一蹦一跳的，用粗壮的短手向着她身上挥来挥去，落了一地的碎枝叶。我一下子就非常气愤，跑过去和他们狠狠打了一架，我把他们赶跑以后，看着这满地的枝叶，不知道有多心疼，我于是抱着那棵桂树——那是我第一次抱她。我觉得好温暖，你知道吗，就好像你的女朋友受了委屈扑到你怀里的那种温暖。那天我终于知道，原来这就是爱的感觉。我爱上她了。"

他说这些话时，不缓不快，非常平静，嘴角隐约有些微笑，眼神是那样温柔，仿佛一片羽毛。一时间我不知道说什么好。

"那一瞬间我突然觉得，"他继续说，"如果这一辈子我就这样抱着她，体会这个温暖，我也心甘情愿。你们谈过恋爱的，都懂的吧，我们总想让那些幸福的瞬间变成永恒，能让你有这个愿望的，难道不是你爱的人吗？"

我说，"但人和物是不一样的，我们还想和银行卡共度一辈子呢，那也算爱吗。"

他摇摇头，笑着说："不，不一样的。她是有生命的，有灵性的，她是那样特别——你们爱的人在你们眼中不是也很特别吗？她在我眼中也是，她的样子，独一无二，她的花香，独一无二，我知道，我知道的，医师们带我见过其他的桂树，我都没有任何感觉，唯独她，我觉得我一生的付出可以只为她一季的开放。我能感受到我对她的爱意，不会有错，正如你们对恋人一样，爱的感觉说不清，但自己明白那就是爱。从那天起，我开始全心全意对她好，不同的季节给她施不同的肥，浇最好的水，每天早晚亲吻她一次，冬天的时候涂白御寒，有时我觉得天气实在冷，我就抱着她为她取暖，我还常常对她说话——就像你们恋人也经常做的那样，说些悄悄的情话。我还为她写歌，唱给她听。就因为所付出的这一切，我就觉得我好幸福。"

我哑口无言。

"可是这没有回应的爱，你付出那么多值得么？你那么爱她，那她呢，爱你吗？"我也不知道我是怎样问出这么一个傻问题的。

他十分肯定地说："爱。我感受得到的。她每年的十月九日都会准时开放，从没有变过，因为那是为我开放的，那是我最珍视的日子，是她来赴约的日子。而且她的花香一年比一年香，香里还透着爱意，我都感受得到。尽管我听不到她说话，但是真正的浓情蜜意都是无须言语的，不是吗？你们恋爱的时候，恋人的一个眼神、一次呼吸，都在传达着至深的爱意，不是吗？我们也一样，我有我的情话，她有她的花香，我们都在用自己的方式表达着爱。有时我睡前凝望着她，都仿佛能听见她温柔地对我说晚安。"他说这话时，表情依然洋溢着幸福。

"你知道吗？"他说，"有一年她开放那天，我在她的树根下，埋下了一封信作为礼物。"

我说，"信上写的什么？"

他说："就一句话。"然后深情而缓慢地背诵道：

"在你面前，我愿成为一只蜗牛，慢慢地，慢慢地，用一生的时间，走向你。"

我的情绪已经完全被他带进去了，我甚至也开始觉得这好像确实是一份刻骨铭心的爱情，我觉得我对我自己的女朋友，好像都没有到山山那样痴情的地步，是不是这个世界上最深最深的爱，永远只能发生在不可能的两个人之间呢，哦不，两个……对象。

或许，这样才是公平的吧。有的人长相厮守了，却感情寡淡。有的人没有在一起，却互相，那么深深地、深深地爱过。

这么想着，我很入戏地问他："那你们……后来怎么样了。"

他说："后来我进了外省的高中，没有时间照料她了。有一天我回家的时候，发现树下七零八落地散布着她的枝叶花瓣。原来在我不在的时间里，她的香气愈发浓烈，引得远近各地的人们纷纷慕名而来，摘花折枝。他们哪里知道，她是因为想我才将香气散发得这么浓烈啊！她这么久见不到我，当然思念成疾，只能不断地散发香气，来唤我回去。现在我回来了，却看到她受了这样的委屈，心里不住地心疼。我当时看着她，就这么看着一地狼藉，忍着眼泪为她清理打扫。我仔细地捡起每一朵被踩脏的花瓣、每一根被折断的残枝，根根如刺，扎在我心里。我不能想象她当时是怎样痛苦和绝望，我不能想象，我一旦想象就会心痛得不可自拔。我对不住她。我在她身下坐了一夜，搂着她，想补偿哪怕一点点迟到了的温暖。"

"第二天，又有人要来采摘，我一怒之下把那人鼻子打歪了。我再也不忍心见到她被人欺负了，这是我的桂树，别人只能闻，不能碰，这是我的底线。于是我决定退学，留在家中守护她，我觉得离开她我的心就如生了个洞，那么空虚，那么明显。或许我不去读高中，我就没有工作，没有钱，没有能力继续养她，但是，比起那些虚幻的将来设想，一旦离开她我心里的痛苦就显得那么实在和真切。我不能忍受、不能忍受没有她的日子，不愿让她继续受苦。我愿一辈子守着她，只想和她在一起，一辈子，就在这里。但是……"

我说："家里人不同意，然后就把你送到这里了？"

他点了点头。

我颇为伤感地说："那现在，她怎么样了。"

他说："每年花照开，只是，再也没有香气了。"

一边说，一边眼角渗出泪水。

我看着他的泪水，渐渐地、渐渐地涌出来。时隔那么久，到现在仍念念不忘，这到底是一份怎样深厚的感情。或许在旁人看来，这简直不可理喻，可是真的相爱的两人，怎会管别人的看法呢？爱人的爱有多深，只有这两人明白，而旁观者都是说闲话的。我甚至愿意相信，那棵桂树，真的是爱他的，而且她的爱，或许真的不比他少。

他的泪水已然止不住了，但仍然用颤抖的声音和我说："我和家里人闹得很大，我觉得他们都不理解我，可是这有什么用？我完全没有抵抗的权力。来到这里以后，我的思念日复一日地增加，我不知道她每天过得怎么样，开始抱怨这个狭隘的世界，开始设想如果我一辈子都没有离开她会是多么美好，并且依靠这样的想象，以及过去的回忆聊以度日。后来，后来我彻底想通了。你知道吗？我在这里这么多年，最后终于明白了。我觉得不是世界的问题，归根结底，是她的问题，是她不肯为我做出改变！为什么，为什么，她不能跟着我一起去高中旁边落地生根。只要她能够改变，我们就完全不是这个结局，为什么她不能跟着我移动哪怕一寸？一定是那道伤疤，那道伤疤使她再也没有改变自己的勇气。她本来是可以行走的！多么可惜，差一点，差一点我们就能在一起了。都是那道伤疤，我想知道是谁在她身上刻下了那么难以忘却的伤。可是为什么，她不能为了我再次尝试改变一下自己呢？再一次，一次就够，不会再有伤疤的，我可以保证的。如果再给我一次机会，我一定会去告诉她这些，一定会去求她，再给我一次机会……"

我看着几近疯狂的山山说着那些不着边际的话语，心里不知道是惋惜还是怜悯。他的疯狂让我一下子又清醒了，这世上没有人和树的爱情，有的只是山山一厢情愿的幻想和无法自拔。从头到尾，都是一场幻觉而已。病人发作的状况，我也没办法控制，于是我开始整理东西，准备离开叫护士。

正要起身时，山山喃喃地说："为什么两个人可以既那么相爱，又那么不适合。"

"不适合"一词突然让我有种感觉，山山好像是明白一切的，他或许从第一次抱住那棵桂树的时候心里就清楚，这终究是一场无果的爱恋。他比我们谁都清楚，或许，或许。

我临走前问他："如果给你一个机会，你是希望她变成一个人，还是你变成一棵树？"

他哭红了的眼睛望着窗外出了神，平静地说："如果变了，或许我们就不会相爱了。"

那之后过了几个月，秋高气爽，天气晴朗。我想起十月九号是山山和桂树的约定日，也不知道出于什么样的想法，独自来到山山家乡的那株桂树旁。一路而来的桂花香瞬间了无影踪。我凑近闻了闻，这棵开满桂花的树真的是没有一点点香气。我看着这棵和我身高也挺匹配的树，心想或许它的上辈子，真的是一个很爱很爱山山的女人，那爱意强烈到即使转世了一个轮回，也可以在一棵植物上，获得表达爱意的能力，哪怕是那么那么微不足道的表达，但是，只要山山收到了，那就够了，不是吗？

我随即注意到它"心脏"处的那道伤疤，在听了山山的故事以后，不免也心疼。我伸出双手，想要抚慰一下这刻骨铭心之伤。当我的手贴近树皮之际，我赫然发现它的树干居然是湿的。而这个天气、这个时分，不可能有雨或露珠、霜或薄雾。

那只有一种可能了，我想，这是那桂树的眼泪吧。

二〇一一年十二月十日凌晨

二〇一三年十月十三日改

跨 时 区 狂 欢

021

璃小苏公子

▶ 璃小苏公子

美国留学生。

（楔子）

"三、二。"留夏一边诡异地笑，一边摸上加速挡位。

我赶紧抓把手，"顾一还没用101张鸡蛋灌饼跟我求婚呢！"

然而我还没抓到，留夏轰一脚丫子油门，从最左边横穿六条车道下了高速。

"顾一怎么还没甩了你这个没出息的？"

我没理她，把甩出去的手机从座椅下捞出来看了看时间，5:27 PM。

顾一那里刚刚天亮，北京的天总是亮得晚。

独自坐在吧台的亚洲姑娘总是白人们猎奇的对象。我和留夏的蓝啤开到第四瓶，她就已经不记得"矜持"两个字怎么写了。

我在角落点了份辣鸡翅，一点点啃完，留夏一扭一扭地就回来了。

我疑惑地看向她空荡荡的身后，留夏打了个酒嗝儿，一股子伏特加面儿上浮着的盐粒味："我说我和你是一对儿。"

"你咋不问他会不会用excel算矩阵？"

"我板儿里没excel。"

"那你怎么配得上我？"

留夏嘿嘿笑了起来："我们现在都用SQL了。"

我忍住用鸡骨头渣子甩她一脸的冲动，她却忽然开始盯着我猛瞧：

"二路，你今儿穿内衣了没？"

"没。"

"我靠，"留夏一脸恨铁不成钢，"那你丫还穿拖鞋来泡吧？"

"你去学校就一定得背书包啊？"

"我有板儿啊！"

"滚！"

"哈！Go Fiesta！哈利路亚！"

我把留夏拧巴上车时，她的防水台已经不知道被我蹬了几个大脚丫印儿了，火辣辣地疼。

"二路，你说啊，人为什么总是要搬来搬去的？"留夏小声嘀咕着，还不忘伸手过来挠我。

我把她踹回去再一脚油门，于是她在副驾上喜闻乐见地磕了个马趴。

留夏比我早毕业半年，刚在休斯敦的抗癌中心找着工作，明天下午四点的飞机，从天寒地冻的芝加哥迁徙到温热潮湿的南方。

"其实挺好的，这样你就再也不用见到戴河了。"

一听这话，留夏忽然安静下来。美国人毫无夜生活可言，十一点的高速路前方就已经漆黑得可怕。

手机这时叮咚一下，是顾一来微信了。

加上标点简简单单地五个字："嗯，吃过了。"

我和留夏都没再讲话。我用拖鞋踩油门，她假装看窗外。

就像这片土地一点儿也不寂寞得无事可做。

1

我是留夏来美国后认识的第一个人，不算戴河的话。

第一眼我以为她是个淑女，一个人戴着毛线帽孤零零地站在机场门口，眼里盛满了对这片陌生土地的憧憬和惧怕。

在这里待久了的人总能很轻易地辨别出刚从国内出来的留学生，我那时还以为留夏是来念孔子学院的。

结果我猜中了开头，却没猜中这结局。她居然是个理科女。

熟了之后留夏最喜欢挤眉弄眼地盯着我的胸看："我当初还以为你丫是本科生。"

那时我的博士刚念到第三年，和顾一也异国恋到第三年。

芝加哥的夏天很凉快，我问戴着毛线帽的留夏有没有找到暂住的地方，她特娇羞地朝我眨巴了下眼睛：

"去我男朋友那里。"

"哦，"我把车趴到路边，"给个地址。"

"我不知道。"

我惊诧地看了眼她，但如果能后悔，我特后悔那时没把她直接扔给安排接机的学生会，而是多嘴问了一句："你男朋友叫什么？"

"戴河。"

"北戴河那个戴河？"

"对，你们认识？"

"何止认识，"我把GPS收了起来，"他是我同届，我们住一个小区。"

我带着留夏摁门铃，戴河的室友给我们开的门。

留夏后来说，那时她就看到八片儿跟佛祖似的白花花的肌肉，还发着光。

Matt热情似火地让我们打量了个够，戴河懒洋洋的声音才从他身后

传来："Matt，门口是谁？"

我已经被Matt这身肉蒙蔽了双眼，想也没想就往里一喊："戴河，

麻溜的，美女找你。"

Matt从小在美国长大，缺心眼儿地看了看留夏，磕巴出一句中文：

"怎么又来一个？"

我仿佛听见月亮倒吸了一口凉气。

Matt这个二愣子终于意识到哪里不对，光速退回房间继续摇微信去

了。我还在琢磨着要从哪条路撤退，戴河很镇定地问了句，

"你怎么来这儿了？"

一直没说话的留夏不阴不阳地接了过去："昂，出来陪你啊。"

我打了个哆嗦，出声打岔："同学，你接下来住哪儿？"

留夏把包往地上一扔："就这儿。"

戴河的脸不动声色地扭了一下，然后淡定地点点头笑了起来：

"嗯，正好我这儿还有一个空房间。"

影帝，全是影帝。

后来留夏告诉我，戴河当初早她一年出国。她在国内拼命复习申

请，真的要出来时，两人的感情也滑向了低谷。不过申请的学校里

也就芝加哥的这所给了奖学金，奔这里来，想想也是命。

我走的时候看见奔上奔下的留夏，不知怎的忽然想起顾一来。不知道他起床了没有，今天的北京有没有雾霾。

"我叫路子婵，"我走过去把手机号塞她手上，"有事也可以找Matt帮忙，但防着他点儿。"

留夏点点头，眸子里雾蒙蒙的："我是留夏，留不住夏天的留夏。"

2

后来我就把留夏给忘了。北美商科女Phd的情人向来只有论文和老板。

我是个异类，我还有顾一这个小三。

我和顾一从大一时就彼此看对了眼，毕业后他留在中科大研究院，我跑来了芝加哥读博。我们大四那会儿一起考的托福和GRE，可惜他的成绩不太理想。于是我俩决定曲线救国，我先过来念着，他一边读研一边再申请。

出国前几天我俩大半夜出去轧马路，一人举着个油汪汪的烤鸡腿，举腿望明月。

"宝贝儿，多吃点，那边可没咱这些好东西。"

"嗯，"我狠狠咬了一大口，"我在Berghoff的牛肉片和德国酸泡菜前等你。"

顾一仰头喝完酒把酒瓶一砸,拉着我就开始狂奔,边跑边像个疯子一样喊:"宝贝儿,咱们大芝加哥见!"

我到现在还记得他手心里汗液的温度,就像芝加哥雪地里摇晃的路灯。

接到留夏的电话时,我正在一堆商报中对着手机发呆。

"路子婵吗?"留夏的声音跟开了马达似的有穿透力,"可不可以带我去买菜?"

一般留学生的爱情有个套路,学长去接机,学长带学妹买菜。一来一回,这一对对儿就成了。

这里就这么寂寞,把你从人山人海中揪出来扔到一片荒山野岭,过几年身边陪的是头羊都能擦出火花。

我和留夏这两个套路都占了,却什么都不能干。

我在沃尔玛看着她跟个兔子似的蹦跶,觉得好遗憾。怎么是个女的,不然我还能泡个小师弟。

留夏搬第二箱泡面时,我终于没忍住:"戴河没带你出来买过东西?"

她摇摇头:"最近总见不到他。"

我想想觉得不对劲:"Matt居然放过那么好的机会不勾搭你?"

留夏一脸坏笑："他可是公民，想勾搭他拿绿卡的多了去了。"

我点点头，想起Matt曾经很迷惑于一件事：为啥总有女的想和我结婚？

我回答他："你想和男的去加州结啊。"

留夏还在挑鸡蛋，Matt来了个电话："Hey is Xia still with you？"

我嗯了句问啥事，Matt吞吞吐吐地说："Don't let her come home now."

"Why？"

"冬冬在这里。"

"冬冬？"

"冬冬是谁？"留夏这句话在我耳边惊雷似的冒了出来，弄得我小心肝一颤，跟自个儿被捉奸了一样吓得撞了个人。

抬头一看：哟，这不是小皮卡吗？

小皮卡是和我一起修过几门课的同学，挺温柔一白人小帅哥儿，开一辆巨破的皮卡，所以我背地都叫他小皮卡。

当母语和英语碰撞在一起时，总是母语的每句废话都听得明明白白，英文一句"你吃了没"都听不进去。

所以我一直没想明白当时是怎么稀里糊涂地答应了小皮卡下个月去他家party的，我唯一记得的就是留夏在超市里一边公然补妆一边跟个大姐大似的指向前方："我就知道还是得老娘出来才能把她引出来！走吧宝贝儿咱会会去。"

3

我还在想这关我什么事的时候，已经跟着留夏扭进了戴河家。

一进去就觉得不太对劲，戴河和一个长得像马脸的细嫩女生坐在餐桌前，就着一碗面吃得正欢。两人见到我和留夏都是明显一惊。

我那时候才想起来我见过这个冬冬，据Matt说，这个马脸总往他们家跑，和戴河一起做饭一起吃，并且还对他挤眉弄眼的。

就在我还为了戴河的审美水平感到肝儿疼的时候，留夏已经猫一样蹭了过去："老公，我饿。"

戴河跟坐着钉子似的弹了起来："我给你下面去。"

冬冬这个小姑娘没见过什么世面，脸当时就垮了，把碗一推就往外走。

留夏哎哟哟喊了句外面冷，抓了件外套追出去了。

戴河想追，看到我又尴尬地停下了脚步。

他不说话的样子莫名让我想起了顾一。那时候顾一陪着我在北京的晨曦里挤地铁去办签证，我给DS表贴照片，他拿着"红宝书"摇摇晃晃地背单词。我俩身上加起来一共就156块钱，未来似乎又遥远又近在咫尺。

"戴河，美国这地儿究竟让你多没有安全感？"

人心变的时候总是静悄悄的。戴河刚来时过得很苦，现在慢慢好起来，却成了恪守寂寞游戏规则的奴隶。

不一会儿，留夏就春风得意地回来了。戴河欲言又止地看着她，还是开了口："她也就是个小姑娘，你别……"

留夏一个巴掌打断了他。

"戴河，我们完了。"

说完噌噌跑上楼，一顿翻箱倒柜地理东西。

我看着她的背影，有种不好的预感。

当天晚上，我的床上多了个女人，每次见到她的胸都觉得眼睛疼。

"二路，我觉得你那天特爷们儿。"

某晚，留夏这个下流坏终于本性暴露把我搋进她的怀里，闷得我脸色泛青时才放手。

"你要干吗？"我护住自己，眼皮突突跳。

"我好像把菜刀落他们家了。"

"再买一把会死啊！"

"会死啊，我妈给我从国内买的，张小泉的呢。"

"我有把王麻子的，您将就用吧，姑奶奶。"

"那不行，我妈视频要看的。"

所以，说什么样的妈养什么样的女儿，我妈让我带的都是王守义十三香。

我找Matt帮我，打算趁戴河不在赶紧拿了开溜。经过Matt房间时，我想了想，还是过去问他："那天你在房间吗？"

他点了点头，又摇了摇头："可是我看不懂。可能，两个不好，太多了。"

Matt的眼神相当迷惑，让我想起他解二次方程时的表情。

我在心里叹了口气，国内一个国外一个这种事在美国也不少见了，真爱能当饭吃吗？

"你不用懂。"Matt其实是个好孩子，但悲剧在于亚洲人的面孔、美国人的内里，哪边的世界都融不进去。

转身想走，就听见开门的声音。

戴河回来了，一个人。

还是有些尴尬，但我现在也特瞧不上这人，心想，反正手上有张小泉呢。

"留夏她还好吧？"

我正要走，戴河却主动开了口。

客厅里没开灯，暗暗的。我看了看戴河，他低着头，几天不见感觉整个人都有些憔悴。

"没你挺好。"

"路子婵，我知道是我不好，我太寂寞了，但你说这个鬼地方谁不寂寞，你他妈的不寂寞吗？"

戴河突然就有些激动起来，像是积攒了几天的情绪终于找到了一个宣泄口。

"刚来时什么都没有，你在地上睡了半个月，拿学校的catalog当枕头，你给顾一打个电话他就能飞过来帮你吗？昂？每个人都一样，路子婵，我们都还是在学校，都还是在芝加哥的学校，你知道这意味着什么吗，意味着我们在有六万华人的地方，还不是一样寂寞成了狗！"

我停在门口，忽然觉得戴河挺可悲的，冬冬也是。

寂寞和依赖最容易让人产生错觉，以为这就是爱情。冬冬的可悲在于她只是做了寂寞的替代品，戴河的可悲在于他舍弃了真正的爱情。

"留夏是个好姑娘，可是她太强势了，说来就来、说走就走，我真的觉得很累。"

戴河像个无助的小孩儿一样倚着墙角，肩膀微微抖动。

"你不懂得欣赏她，自然会有人欣赏。还有戴河我告诉你，耐得住寂寞的人自然会有回报。"

我提着菜刀走了出去，头顶是光芒万丈的太阳。

顾一几天没和我联系了，他的GRE成绩刚出来，再次败北。

手机这时响了起来，是小皮卡提醒我去party的消息。

4

留夏这丫挺神奇的，没过几天就自个儿找着了住的地方，并且火速买了辆二手车，没多久就捎回来一个小师弟。

我第一次见到林小南是在一家中餐店，做粤菜的。留夏一伸手，一个跑堂小哥儿就一路小跑溜了过来："夏姐。"

我一口水差点儿没呛出来。

"小南我给你介绍一下，这是我死党二路。"

"路姐!"

我那口水还是呛了出来。

林小南这孩子很实惠，那天给我们端的全是特大块儿的螃蟹腿，最后还死活不要小费。

所以留夏毕业答辩那天，我看见穿正装的林小南时还疑惑了一下，以为他们待会儿要出去砍街。

其实林小南来念计算机硕士，国内工作过几年，不缺钱。打了一段时间的黑工体验完生活后，就立马金盆洗手不干了。

熟了之后我和留夏开始调戏他，每次都对他动手动脚的。

"太有小白脸的潜质了。"留夏最爱戳他痒痒。据说林小南以前在国内的女朋友是个富二代，挺漂亮的。

"身强力壮，保质保量。"林小南笑眯眯的。

美国年轻人的业余生活似乎除了party就是party。我穿着从留夏那里扒拉来的露背裙走进小皮卡家时，小皮卡热情地过来抱了抱，眼睛笑得弯弯的。

酒过三巡后，这堆人开始打着碟窝在沙发上抽大麻。

整个公寓？像是一个巨型迪厅，我脑子发涨地喝下小皮卡递过来的第三杯威士忌，特想把高跟鞋甩进太平洋。

"我带你出去走走。"小皮卡在我耳边说。

我不记得那晚是怎么一路酒驾逃回家的，我就记得小皮卡把手伸进我后背裙子时浑身起的鸡皮疙瘩。

"从了他挺好啊。"留夏给我盛了碗豆粥，林小南自觉地给她盛了一碗，"至少比顾一靠谱儿多了。"

"还是祖国的东西好。"豆粥喝得我舒服得每个细胞都清爽起来，

"我和顾一是真爱。"

"哟哟，"留夏不以为然，"异国恋没一个靠谱儿的，是不是啊林小南？"

林小南正专心拧着眉毛喝粥，想也没想点点头："是的。"

"你谈过？"

"异国之前就分了。"

我和留夏迅速对视了一眼，八卦之心熊熊燃烧。

林小南意识到不对劲儿时已经晚了，四盏探照灯正将他照得无所遁形。

"咳咳，我的意思是，异国恋要克服时间和空间的距离，还有两个人未来的职业规划和人生走向，对吧？那个什么。"

"那个什么啊？"留夏睁着眼睛使劲盯林小南，她和戴河分手后已经素面朝天很久了。

"嗯，"林小南敛着眉毛难得没笑嘻嘻的，"就那个，她不想出来呗，索性两个人都痛苦前一下咔嚓了算了。"

我们三个捧着粥，心照不宣地沉默了一会儿。

同甘是福，共苦其实也是，可惜不是所有人都明白。

过了一会儿，林小南突然丧心病狂地来了一句："路姐，顾一的GRE到底考了多少分啊？"

5

"裸考？他丫想出来还裸考？"

留夏的嗓门儿惊走了一堆鸟，我和林小南赶紧护住头生怕被鸟屎砸着。

"所以，他多久没联系你了？"

"一个多月吧。"

"因为考得不好？"

"不是，"我抬起头，亭子外是一片宽阔的停车场，"他说想冷静一下，好好思考我们的未来。"

"二路，别怪我说话直，他就是不想出来了。"

"我知道。"

林小南说的对，时间和空间是最好的消磨掉感情的方式。刚出来时，每天我和顾一有着说不完的话，两人跟话痨似的能对着电脑谁也不睡觉地唠一整天。后来渐渐地，我有论文要赶，他有研究要搞，谁都得睡觉的。早起时我和他说晚安，睡觉时我和他说早安，做的事情、学的东西、接触的人、玩的朋友、眼里的东西，一点点地开始不一样。再到后来，两个人的世界就被彻底剥离了，再也回不到起初的平行线上。

但我觉得是可以的，只要他考好，申请出国，就能在一起了。

"宝贝儿，你知道你明天在哪里吗？你知道我明天在哪里吗？"

情绪的爆发从来就没有预兆。顾一在电脑那头打着字，我看不见他的表情。

"我的研究好不容易有点成果，教授想让我接下来参与他们的项目。明年我可能在欧洲，也可能还在北京。你现在在芝加哥，明年该实习了，是去匹兹堡还是费城？毕业后又会去哪里，东海岸？西海岸？美国这么大，中国这么大，世界这么大，你我去哪里才能遇到，在一起一辈子？"

"顾一，别这样。"我哭着使劲按音频邀请、视频邀请，他切了我再按，切了再按。

然后他下了线，我对着电脑，想起来我们隔着一片太平洋。

这样的距离，你看不见他笑，他听不见你哭。这是断了通信工具便再也抵达不到的距离，我从来没有感觉这样无力过。

"留夏，你为什么来美国？"

"就是想来呗，以前以为是为了戴河这个王八蛋，现在想想也是为了自己。"

"我也是。以前以为是为了我和顾一的未来，现在想想，是为自己。"

我想我开始有一点点懂得迁徙的意义了。总是这样的，走的那个最潇洒，被留在身后的那个才是哭成傻×的人。

"得咧，二路，"留夏拿着林小南买的甜甜圈借花献佛，"开心点儿，人生没过不去的坎儿，老娘当年不也是卧薪尝胆那么些天，才把那对王八羔子揪出来？反正青春都是被狗吃了，你的还算是被人吃了，不错了。来吧林小南，说点儿郁闷的事让二路开心一下。"

"哦，"林小南听话地放下电脑，"从前有块玉，它被埋在了土里。这就是玉闷的故事。哈哈。"

留夏翻了他一白眼儿："林小南，待会儿去沃尔玛给我敲十个西瓜。"

"敲西瓜是北美猥琐男十大标准之首啊，"林小南的眼神突然无辜起来，"我不想当猥琐男，夏姐。"

我和他们一起笑了起来。芝加哥到了11月就开始下雪，白蒙蒙的。

6

就在我和顾一不温不火地拖着这段感情时，我做了一个决定。

Quit（停止）现在的博士项目，拿硕士学位走人。

跟着老板四年才发了一篇论文，按照这速度我得读到白头才能毕业。都说读博看运气，我偏就是运气不好，跟了个压榨却不出成果的老板。

那时留夏已经接了休斯敦的offer（通知），我在全国投了几家公司，最后决定去达拉斯。

一帮人送留夏去机场，哭哭啼啼好不热闹，跟大学毕业吃散伙饭似的。

她红着眼睛看我："二路，半年后咱们得克萨斯州见。"

林小南站在一旁，低头咬着嘴唇，跟做错了事的小孩儿一样。

"行了林小南，爷们儿点儿，我会想你的。"留夏老大哥似的拍了拍他，林小南忽然来了狠劲儿，一把就给留夏抱得紧紧的，死都不撒手的架势。

我赶紧疏散人群，留给他们二人空间。

傻子都看得出来，林小南喜欢留夏。

可那又怎么样？在这片土地上谈感情，总要面临分离的一天，到时候谁动真心谁疼。

留夏的飞机准时起飞，一分钟都没延误。

其实也还算好，芝加哥飞休斯敦只要两个小时，还不用换时区。

我是这么安慰林小南的。当时他什么都没说，就坐在那里木呆呆地看着远处。

之后一阵子就没怎么见着他人，我也忙着毕业，直到有天林小南一

图   304

个短信过来:"路姐,我要去休斯敦工作了。"

我惊了一下,赶紧拨了个电话过去:"你不是才面完facebook?你个搞计算机的去休斯敦干吗?"

"昂,"林小南理直气壮,"休斯敦有石油公司啊。"

我顿了顿,不太确定地问:"不会是为了留夏吧?"

"路姐,得州生活压力小,加州房子贵,税也高,你知道的。"

"嗯我知道,可是硅谷那边……"

"路姐,"林小南打断我,"每个人都有自己的选择。"

我觉得林小南是个诗人。

后来我焦头烂额地忙着上网找在达拉斯住的地方时,林小南已经屁颠屁颠地跟着留夏在休斯敦吃得风生水起,天天在微博上发美食照片,丫还艾特我。

就在收拾行李时,短租的房东姑娘来了短信:"亲爱哒,我出去旅游一个月,照顾好我们的房子。"

"行,亲爱的。"

"幺儿"

"幺"

其实,我和她谁也没见过谁。

扔来扔去就留了最重要的一箱子东西，比当初来美国时还少一个。

拎着这一箱宝贝进了机场，身后是生活了四年的芝加哥，说离开也就要离开了。

我在飞机上朝下看，黄绿黄绿的土地，哪里都是一个样子。

我掏出纸笔给顾一写信。太久没写汉字，许多字都很生疏。

亲爱的，你最近过得还好吗？

我过得还不错，拿了学位准备去达拉斯工作。你知道达拉斯吗？就是小牛队在的那个城市。我从来都没有去过得州，不过有留夏跟林小南在休斯敦罩着我，也不算很远。

我们有多久没见了？上次回国好像还是三年前，时间过得真快，真的很快。

这好像是我第一次给你写信，可能也是最后一次了。我要去南方了，希望你在北方过得好。

我们如果可以，从头来过多好。

我最后还是把信撕了，忽然很想哭。

7

短租的地方很不错，房东姑娘回来时，我找她一起吃饭。

她刚割了双眼皮，笑起来又爷们儿又甜美。

"我明天就去佛罗里达了，终于要摆脱这里了。"她抽了瓶酒咣咣

两下干了，让我想起留夏喝酒时的野蛮样儿。

"为什么？这里很可怕？"

"因为我的前任是极品。"

她的公寓里空荡荡的，就客厅里有两个准备托运的行李箱。

"哦，极品年年有，美国格外多。"

"哈哈，"她笑了起来，"你有男朋友吗？"

"刚分。"

"是极品吗？"

"不是。"

"哦，"她幽幽地看着我，"你想试试吗？"

"试什么？"

她扔掉酒瓶，摸了摸我的头发，吻了过来。

我愣了一会儿，发现自己已经很久没有接吻了。

脑海里突然闪过顾一拿着"红宝书"的样子、他陪我复习到深夜的

样子、给我买夜宵的样子、我俩轧马路的样子、分开时他转身不

让我看见他哭的样子、屏幕那头戴着耳机的样子、屏幕黑掉的样

子……

留夏第二天下午就敲开了我的门。

然后"啪"一下，二话不说给了我一个巴掌。

"不就一个顾一吗？你说你这点儿出息，一点儿原则也没有。"

我捧着杯子，不说话，留夏在旁边叹了几十声气，终于把我揽了
过去。

"以后好好过，二路。"

我朝她蹭了蹭，终于哭了出来。

我还在留夏怀里温存，就听见她接了个电话咿咿呀呀一堆英文，然
后一下子变得僵硬起来。

我觉得不太对劲，赶紧问："怎么了？"

留夏的脸色已经变得比我家的墙还白："林小南出车祸了。"

我和她两个人心急火燎地一路超速赶回休斯敦，见着林小南时，我
们一个检查上半身一个检查下半身，没瞧出少了哪块。

"什么情况？"

"我撞人了。"林小南有点蒙蒙的，"撞了个小女孩儿。"

"谁的责任？"

"她们，她们闯红灯。"

我和留夏松了口气，又觉得在病人家属面前狂欢有点儿不太道德。

这时林小南抬头看了我一眼，疑惑道："路姐，你脸怎么了？"

我摸了摸，有点儿疼，留夏赶紧心虚地转过身去，却一下见着了熟人。

"唉，白先生？"

我刚刚忙着看林小南，这才发现墙角还站着个中国人。

事后白庭翰说，他对我的第一印象就是脸上挂了个大巴掌印子的女的。

把林小南安抚好，天已经黑了。

说来也巧，白庭翰是林小南的supervisor，但常驻达拉斯分部。我搭他的车一路回去，说的话没超过十句。

白庭翰是个话不多的大叔，心思挺细。

后来发现他工作的地方离我不远，于是我们成了饭友，比戴河冬冬那个饭友好多了。

"冬冬和林小南以前打工的餐厅老板的儿子结婚了，刚拿到绿卡。"

"嗯。"

"据说她以前还倒追Matt，哈哈。"

"嗯。"

"所以戴河不要留夏，真是个天字第一号傻缺。"

"有点儿。"

"汤好喝不？"

"还不错。"

"你能说超过四个字的句子吗？"

"热汤快点儿喝。"

"哦。"

在达拉斯，我认识的人也就白庭翰了，所以一起吃饭的次数多了，
我的家底他知道了个遍，他谈过几个妞我还没打听出来。
有一天晚上在家加班，不知道怎么想的进了顾一的微博主页。
最新的新鲜事是他和一个姑娘的合影，离得远远的，但是是合影。
打开冰箱就看见白庭翰送的果啤，我想也没想全给拎了出来。
喝完两瓶时，我才开始意识到，我和顾一已经分手几个月了。
可是我和他谈了八年，八年啊。
人生有几个八年，人生特么的有几个八年可以浪费？
白庭翰的微信这时好死不死地响了起来："新开了家江浙菜，周末
去试。"
我哭得涕泪横流地回了条语音过去："白庭翰你这个王八蛋，这是
你说过的最长的一句话了啊！"
然后手机安静了下来，我开到第四瓶，心想，连白庭翰这个王八蛋

都不理我了。

过了一会儿有人敲门，我跌跌撞撞地跑去开门，白庭翰站在门外还穿着双拖鞋："怎么回事？"

我"哇"的一声哭了出来，白庭翰迟疑了一会儿，走进来把门锁了。

他靠在门边，我模模糊糊地看见他的脸，一会儿又变成留夏的，一会儿是顾一，一会儿又变成房东姑娘。

不知道哪里来的勇气，我揪着他的头发就凑过去啃他脖子，清晰地听到他长吸了一口气。

心里刚刚得意了一会儿，就被白庭翰挠虱子似的拽了下来："到底怎么了？"

"大叔，你觉得我怎么样？"

"还不错，挺能吃的。"

"咱俩处吧，"我抬眼，泪汪汪地盯着他，"大不了以后我少吃点儿。"

白庭翰摸了摸我的头发，没说话。

戒心将他隔离在千里之外，可我现在渴望呼吸般迫切地渴望这个拥抱。

他想了一会儿还是把我揽进怀里，对我说了最多的一次话："我们在这里，也就是相依为命的一帮人而已。你刚来，还没站稳，别把依赖当爱情。行了，会好起来的，都会好起来的。"

手机这时响了起来，我模模糊糊瞅见，是留夏。

我把眼泪鼻涕全蹭到白庭翰的衣服上，哭得像个傻子。

（尾声）

许久不联系的Matt有天兴冲冲地找我："帮我翻译下这个女生的状态，我要追她，help（帮忙）。"

我打开来，是一段话：

不管你相不相信，你都被所处的这片土地改变了自己。

你的身上带着每一片待过的土地的印记。

我原以为迁徙带来的是新生活，但我正在失去的是青春和年华，将要失去的或许是自己。

这是个迁徙时代，也是个狂欢时代。准备好了吗？

"？"白庭翰把脸从牛排上抬起来，无声地发了个问号。

我摇摇头，放下刀叉给Matt回了个信息："It means, GO FIESTA！"

哈利路亚。

一　手　世　界

022

短痛少年

▶ 短痛少年

职业游民，歪趣段子手，一本正经的瞎扯道理。

你有没有发现，你正在读你眼前的文字，没错，就是这篇。你也许并没有察觉时间是静止的，虽然手表上的秒针从未暂停。正如你的生命，脉搏从未暂停，正如日升月落，花开花谢。流失的就已经流逝，没有回头的可能。可你现在的状态是你想要的人生吗？你看各种电影，读各种书籍，享受剧情里内心的投影。你问各种问题，搜索各种答案，而答案只是为了应急或者安抚心灵。

你也许还在念书，也许正要工作，你在存时间，存经验，存知识，存零用钱，你对自己许诺总有一天要完成一生里最重要的事，那是你的梦想，但你的梦想总是搁浅在"总有一天"。可你说，没关系，总有明天，一生少说也有七八十年，时间充裕，浪子也来得及回头，水手总能上到岸边，可你忘了海浪的风险。一生的终点未必是你寿终正寝的期限，可能就在明天。你所有的机会就在这一刻而不是明天或明年。

读万卷书行万里路，所以你正在读，故事里说尽悲喜，历经甘苦。可你以为故事就是智慧，但其实故事只是前人的智慧，而不是你的，你得到的只是二手的经验。这些经验看似那么正确，无须再辩，可那不是你的。就像没有生过孩子就无法想象生育过程的痛，更无法体验怀孕过程里的折磨和喜悦，幸福和疲倦。你看着一字一句动人的描写，你跃跃欲试，却总是停在"跃跃"始终没有迈出"欲试"的起跑线。

精神和肉体同等重要，你当然需要知识的积累，但更需要亲自去试水。就算游泳的世界冠军是你的父亲，你不下水，也是白费。仔细想想吧，从起床的那一刻起，你穿的衣服是店员推荐的，你的牙膏是你跟着电视广告挑选的，你的早餐来自周围人都啧啧称赞的早餐店，你念的专业是根据冷门热门未来就业填写的，你的工作是父母朋友介绍或者随大流的方向考公务员或创业，下了班你泡进了战争片武侠片爱情片文艺片，你用一个个故事填满你的英雄梦想，用一段段对白完成你期待的爱恋。久而久之，你习惯活在别人留下的二手世界里。也许你觉得一切都很好，但你有没有想过一切可以更好。

放下眼前，才能抓住眼前，就像你正在读的这段文字，放下它，才能打开你的一手世界。你听到无数条心灵鸡汤，那些鸡汤更像是激素在维系你的生命线，你听了无数首热血沸腾的音乐，却只是在歌词里寻找押韵的泪点。你带着爆米花看了一场爆米花影片，可就连爆米花都来自于那家影院，你已经懒得去想其他的选择，哪怕那些选择只是图一时的新鲜。你用着烂大街的手机，穿着潮流店的球鞋，你的发型紧跟一线明星的那张脸，你能说出你偶像的星座血型爱好和可爱的小缺点，却从来没能正视到自己早已在泡沫化的生活里泥足深陷。

二手并非不好，你可以买二手的车，住二手的房，用二手的电脑，二手的音响，甚至你可以交往一个谈过多次恋爱的二手男人，但起码你必须获得属于你的一手经验。你应该不会去垃圾箱里翻别人丢掉的吃剩下的食物吧，那干嘛总是不肯自己去做一顿属于自己的盛宴。

现在改变还来得及，任何事在任何时候都不算晚，都来得及，但你总是抱着这句话活在你的日子里那就什么都来不及了。

所以我希望你的每个决定都坚决而确定，希望你的眼前人就是你的心上人，希望你的每一天都值得怀念，但并没有用多余的怀念虚度你的每一天。

你有没有发现，你正在读你眼前的文字，没错，就是这篇。你已经读完了，所以放下它，放下眼前才能抓住眼前，快去打开你的一手世界。

出版人
刘清华

主编
树上有云

责任编辑
薛健 刘诗哲

策划编辑
范冰原 刘霁

特约监制
毛闽峰 李娜

营销编辑
张璐

特约编辑
泽帆 宝丁 小贤

装帧设计
许洛彬

图片摄影
杜鹃（lebottle摄影工作室） 树上有云

音频制作
woo崆 卢晓坤

音频主播
叶清 woo崆 杨晨 小嗔 瑞ray 丸子的番茄
臣睿 半岛玫瑰 思萌 徽琥

出版社
湖南文艺出版社

出品
片刻APP 中南博集天卷文化传媒有限公司